LES ÂMES NOIRES

L’Autre Femme

Mercedes Rosende

L'Autre Femme

Traduit de l'espagnol (Uruguay) par Marianne Million

Quidam éditeur

Titre original : *Mujer equivocada*

ISBN : 978-2-37491-268-4
Dépôt légal : mars 2022
Première édition

Illustration de couverture : The Averted Head, A Study in Flesh Tones, Joseph T. Keiley, 1899, Alfred Stieglitz Collection, 1933.
Conception graphique : Hugues Vollant
Mise en pages : Atlant' Communication

Le logo est de Mœbius que nous remercions de sa générosité spontanée.

Car si un homme se laisse aller à un assassinat,
bientôt il en viendra à tenir peu de compte du vol,
et du vol il en viendra à boire, à enfreindre le sabbat,
et de là à l'incivilité et à la procrastination.

THOMAS DE QUINCEY,
De l'Assassinat considéré comme un des Beaux-Arts[1]

[1] Traduit de l'anglais par André Fontainas, Mercure de France (1901). Toutes les notes sont de la traductrice.

PREMIER JOUR

1

Bonjour, Úrsula, bienvenue dans le monde des gros, où tous les miroirs t'annoncent de mauvaises nouvelles.

Si je réfléchis bien, le surpoids est arrivé en catimini, presque à mon insu. Non, c'est faux. Un jour, c'est un bouton qui serre, un autre, tu as du mal à remonter une fermeture éclair et, pris séparément, aucun de ces éléments n'a de signification : je gonfle à cause des règles, des gaz, de la rétention d'eau. Et si je couvais un fibrome ? Il n'y a pas si longtemps, le médecin jugeait mon IMC équilibré. Vous vous situez dans une moyenne saine, a-t-il dit. Quand la santé a-t-elle pris le pas sur la beauté ? À partir de soixante-dix, soixante-quinze kilos ? Depuis quand se soucie-t-on d'avoir une taille, des jambes et des hanches saines ?

— Alors ? me crie la vendeuse.

— Je ne rentre pas dedans, je peux essayer la taille au-dessus ?

— Non, c'est la plus grande.

Et, paf, la gifle.

Une chaleur soudaine envahit ma poitrine et mon visage, les oreilles me cuisent. La robe, qui n'a pu glisser le long des hanches, s'est coincée entre mes aisselles et ma tête lorsque j'ai essayé de la remonter, et son tissu épais me plonge dans une obscurité asphyxiante. Je force, tire vers le haut, essaie de me libérer, je me débats, pousse avec les coudes, comment ça il n'y a pas la taille au-dessus, maudite vendeuse. Mes fesses cognent contre les parois en bois de la cabine d'essayage qui, elles aussi, se mettent à me serrer, me compresser, m'étouffer. Impossible d'ôter ce vêtement, je ne vois rien et je suffoque, le dos et la poitrine en sueur, et cette saleté de chiffon reste là, bon sang, pourquoi ? Je tire plus fort, sans penser aux coutures mais à la femme derrière la porte, au savon que je vais lui passer, à l'envie de pleurer, de sortir et de lui jeter la robe à la figure, je tire dessus, tire, tire, et j'arrache, le fil craque, le tissu déchiré crisse.

J'émerge et je respire.

Je respire.

Je me vois dans le miroir sous la lumière impitoyable : une femme agitée, le teint écarlate, les yeux exorbités, hors d'haleine, échevelée, qui déborde de ses sous-vêtements.

Regarde-toi, Úrsula, regarde-toi donc. Ces bourrelets sous les 500 watts, cet amas de graisse que l'éclairage souligne avec cruauté, que la sueur fait briller.

Tu ne te reconnais pas ?

Bonjour, je te présente la grosse.

Ce pli sous le visage, c'est ton double menton, cette masse au milieu du corps, ton ventre, derrière il y a un gros cul.

Personne ne peut aimer une grosse, me murmure papa.

Le miroir, la lumière impitoyable qui tombe sur le corps, une femme forte en sous-vêtements. Assez. J'arrête de regarder.

Je me rhabille tant bien que mal, mes doigts boutonnent maladroitement Pierre avec Paul. Mon sac tombe et les pièces de monnaie, les mouchoirs, les peignes, une barre de céréales, des chocolats entamés et mal refermés roulent par terre. Je ramasse le tout, me recoiffe. Pourvu que la vendeuse ne soit plus plantée là, mais partie vendre ses vêtements lilliputiens à une autre.

J'ouvre la porte, sors la robe à la main, la honte roulée en boule dans mon poing.

Je cherche la vendeuse, qui montre un pantalon blanc à une femme de mon âge, la quarantaine, qui le pose sur ses hanches, étroites, parfaites. Celles-ci ne se soucient ni de la moyenne ni de l'IMC. Je devine la question de la cliente. Ça va m'aller, c'est ma taille ? L'autre acquiesce, grimace sourire, tu es au bon endroit, *baby*.

L'embonpoint est arrivé sans que je m'en rende compte, disais-je. Faux de chez faux. C'est à cause des matières, lycra, élasthanne, spandex, qui permettent à une taille 50 de se transformer en un 46 voire un 44, sans que l'utilisatrice remarque les changements. La cellulite s'étale, le spandex la contient ; silencieux, rusé, il dissimule le bourrelet, camoufle avec aisance le ventre naissant.

L'embonpoint était arrivé sans que je m'en rende compte ? Faux. Vrai. Les matières élastiques étant trompeuses et passé quarante ans, on ne se regarde plus tellement dans une glace. Quand on le fait, la myopie étend généreusement un voile diffus sur l'image, une auréole de normalité ou, pour le moins, du flou, de l'ombre.

Faux, archi faux. J'ai toujours su que je serais grosse. Même quand je ne l'étais pas. Papa a essayé de me prévenir, tante Irene aussi... Pauvre tante Irene.

Avant de m'enfuir, je regarde autour de moi. Jour de soldes, la boutique est envahie de femmes qui agitent un océan de chemisiers, de T-shirts, de shorts que leurs corps menus arboreront cet été. Elles farfouillent sur les étagères, dans les paniers, trouvent une pièce à leur taille dans le capharnaüm, courent avec leur butin vers les cabines d'essayage, font la queue. Elles bavardent, rient, échangent des regards, se reconnaissent entre elles : la confrérie des belles. Je les regarde depuis la porte, la robe à la main, avec l'envie de la jeter par terre, de la piétiner, de crier que je me fous de rentrer dans cette saleté, cette fringue de merde, de partir en claquant la porte.

Je marche lentement, pose le vêtement sur le comptoir, murmure une excuse en l'air au néant, je ne veux pas voir leurs visages, je ne veux pas les regarder, je sors en silence par la porte de devant, comme si c'était celle de derrière. La rue m'accueille, je me perds dans la foule, l'anonymat de la masse.

Aujourd'hui je commence un régime.

* *
*

— Un ticket de stationnement, s'il vous plaît.

— Le numéro de ta plaque d'immatriculation, ma jolie ?

Le type me sourit, me regarde. Des odeurs de cuisine flottent dans le kiosque, derrière le rideau quelqu'un agite des casseroles, des assiettes, une voix féminine fredonne une cumbia. Mon regard va de la femme nue du calendrier, à peine recouverte d'un pneu, aux postérieurs qui bondissent des revues exposées sur les étagères. En me concentrant, je peux imaginer que je suis la fille au pneu, que j'ai un cul de revue sur papier glacé. Le kiosquier sourit et fixe ma poitrine, qui tend le T-shirt en spandex acheté il y a quelques années. Je regarde un magazine, un autre, le calendrier.

Je m'accoude au comptoir et m'approche du vendeur qui regarde mon corps, le parcourt et sourit. Sans le quitter des yeux, je tire sur mon T-shirt, agrandissant mon décolleté pratiquement jusqu'au mamelon, m'arrête un instant, puis je le baisse un peu plus, encore un peu. Le type cesse de sourire, de me regarder. Une odeur lourde de lentilles et de viande grasse envahit l'espace, s'installe avec la solidité d'un objet dans l'air.

— Ton numéro ? murmure-t-il.

— AXB 1890, dis-je en récitant lentement la combinaison de chiffres et de lettres, sans le quitter des yeux.

Le type me regarde de nouveau, cette fois au visage, puis il passe au rideau, descend immédiatement sur le papier où il écrit mon numéro, soudain pressé.

Il arrache la feuille d'un coup.

— Ça fait dix pesos, dit-il d'un filet de voix.

Lentement, je me rajuste, il me donne le ticket, encaisse le paiement et me rend la monnaie sans lever la tête.

— Trouillard.

Je sors d'un air résolu, je vais arriver en retard à la réunion.

2

Je lis de loin les gros caractères bleus que je connais par cœur : Réunion des Obèses Anonymes le mercredi à 11 heures.

Je marche dans le couloir, un pied devant l'autre, allez, Úrsula, résiste à la tentation de faire demi-tour et de t'échapper, tu peux le faire, prends des forces, respire à fond. Tu vois, comme c'est facile ? Un pas encore, et tu y es. Vas-y, Úrsula, il suffit de respirer, de saisir la poignée, de pousser la porte.

D'entrer.

Et déjà, j'anticipe la suite. Je sais qu'en entrant dans la salle du fond de la paroisse de Punta Carretas, je vais les trouver pathétiques, ridicules, me demander pourquoi je suis venue.

L'habituelle sensation de décalage. Dans quoi t'es-tu fourrée, Úrsula, qui sont ces gens ? Et ce rituel qui est une copie d'une copie d'une copie, ces groupes pensés pour des pays qui ne sont pas le mien, pour des gens que je ne suis pas.

Avant d'ouvrir la porte, je sais que tout le monde va se saluer par des embrassades exagérées, se regarder droit dans les yeux, se prendre par la main dans une sorte de formule répétitive, de cérémonie programmée des retrouvailles alors qu'il ne s'est écoulé qu'une semaine depuis la dernière réunion. Les présentations, la distribution des chaises, les salutations, les questions et les réponses, le tout en application d'un manuel, manuel écrit pour les obèses étrangers qui sont d'autres gros, pas ceux-là, me dis-je avant de rectifier, pas nous, mais je reste plantée là, main sur la poignée, respiration agitée, avec un mélange de dégoût, de mépris, de sentiment du ridicule, et l'envie de sortir, de tourner au coin de la rue, de les oublier pour toujours, eux et tout ce qui nous unit.

À partir du moment où j'entrerai dans la salle du fond de la paroisse de Punta Carretas, je serai un ballon qui vient de la rue, une montgolfière en marche vers d'autres ballons, d'autres montgolfières, je sentirai que le craquement du plancher que je foule est excessif, l'air que je rejette trop fort, l'espace que j'occupe énorme, mais je participerai à la cérémonie, saluerai par de gigantesques étreintes, regarderai dans les yeux d'autres personnes qui feront comme moi, prendrai leurs mains grassouillettes entre mes mains grassouillettes. Et je me dirai que ce ne serait pas mal de mourir en cet instant et au milieu de ces effusions, plus aucun régime à recommencer, jamais.

Aucun régime, jamais. Ce mot, jamais, semble mettre un terme à toutes les souffrances.

Un effort supplémentaire, un souffle, je pousse un peu plus la porte. Et quand j'entre dans la salle du fond de la paroisse de Punta Carretas je me rappelle que c'est Luz qui m'a amenée ici, il y a deux, trois ans, quand mon poids était devenu limite, et que je ne me sentais plus capable de sortir seule de la spirale dans laquelle m'avaient entraînée les glaces consommées à minuit et la seconde escalope milanaise du déjeuner.

Je l'ai su la première fois où j'ai franchi le seuil : au cours de ces cérémonies je me sentirais à l'abri, mais pas des chocolats ni des bières les soirs d'été, ni du mirage menaçant des gâteaux à la crème et des sandwiches ; la salle du fond de la paroisse de Punta Carretas et ces embrassades exagérées, la célébration des retrouvailles au bout de sept jours et les mains serrant des mains allaient élever un mur intangible mais solide pour s'interposer entre Úrsula et le mépris du monde.

Oui, je les trouve pathétiques, parfois je les déteste, ils me font toujours pitié. Et j'ai besoin d'eux.

Je continue à venir, j'engage la conversation, je me soumets à des séances d'embrassades avec un groupe qui suit les rites du manuel et s'occupe de me reconstruire une fois par semaine de 18 heures à 19 h 30. Ce sont mes frères et sœurs.

Le premier à me saluer est Aurelio ; il s'approche, m'entoure et, sans même voir son visage, je sais qu'il ferme les yeux, je l'entends respirer, soupirer comme un bébé que sa mère prend dans son berceau, expirer comme quelqu'un qui jette sa fatigue sur l'oreiller. Je me laisse étreindre, je sens la bergamote et le bois de cèdre de son eau de toilette, une touche de vanille, je l'écoute, je perçois son souffle, je me demande où je suis et ce que je fais, pourquoi je suis là, vaguement je me rappelle que je les déteste, mais il n'y a pas de réponses, juste des bras qui m'enlacent, le parfum et le bruit d'une respiration, et je plonge, me sens disparaître dans sa poitrine encore dodue en dépit des régimes de Cormillot et Atkins, je plonge, lui davantage, nous fusionnons et nous nous mêlons, avant d'émerger de l'étreinte en une lente naissance qui lave une semaine d'humiliations.

Après, comme chaque semaine, tout recommence : le rituel de la balance, les récits des nouveaux, les commentaires du groupe, pourquoi ? demandent-ils en chœur comme dans une tragédie grecque. Une femme qu'aucune compagnie ne laisserait prendre l'avion sans exiger qu'elle paye deux sièges prend la parole.

— Le pire a été le dîner de fin d'année de l'entreprise où travaille mon mari. J'avais perdu douze kilos et je me sentais stimulée, je pouvais descendre au-dessous des cinquante kilos en trop que j'avais toujours, affronter les regards, les sourires moqueurs. Pour la première fois depuis des années je m'étais fait une robe, en taffetas opaque bleu marine, je m'étais regardée dans le miroir, maquillée, regardée de nouveau de face et de profil dans ma tenue flambant neuve, j'étais arrivée à la salle des fêtes la tête haute ; je souriais à tout le monde, il m'a même semblé qu'on me voyait comme une femme et non pas comme une baleine échappée d'un aquarium. Nous bavardions avec des collègues de Juan Carlos, ils me présentaient leur femme, je me sentais partie prenante des festivités, j'appartenais à la race humaine, je faisais partie de l'univers. Quelqu'un a vanté l'effet de mes boucles d'oreilles en turquoise sur ma peau bronzée, j'ai relevé mes cheveux pour les montrer, tourné la tête pour les agiter, me suis exposée. Enhardie, j'ai raconté mes exploits en jardinage, mon projet de reprendre mes études. Nous nous sommes alors dirigés vers les tables, mon mari m'a avancé une chaise, je souriais encore en m'asseyant. Je suppose que mon sourire s'est effacé à l'instant même où je me suis installée et quand la chaise a tremblé, s'affaissant légèrement ; j'ai senti une étrange vibration dans mon corps, j'ai senti les pieds de la chaise s'écarter progressivement, au ralenti, et l'horreur a commencé à m'envahir, j'ai entendu – tous l'ont entendu, mon Dieu, tous – l'infâme craquement du plastique qui se brise, puis la chute, la lente descente aux enfers. Quant à la suite, je ne me souviens que des yeux fixés sur moi, l'expression des visages penchés là-haut, les regards qui tombent à la verticale sur une femme-baleine allongée par terre. Les regards. Et ensuite même pas ça, rien, je n'y voyais plus, les larmes m'aveuglaient.

Pendant les réunions des Obèses Anonymes, il n'y a pas de silences ; lorsque quelqu'un a fini de parler, le groupe répond comme le chœur antique ou une secte satanique, et il m'arrive même de penser que Bette Davis va apparaître et tenter de me convertir, comme tous les habitants du village, et que je vais tenter de m'échapper, courir à travers les champs de maïs, en vain, car ses yeux me rattraperont où que j'aille.

Ils sont pathétiques, je les déteste, parfois ils me font peur.

Un autre prend la parole, sans transition. S'il pleure, on le console. S'il ne pleure pas, on l'interroge.

Pas de temps mort.

Nous consolons tous Ada, pauvre Ada, six mois de régime pour se rendre à cette fête, six mois d'un chemin ardu pour arriver à cette chaise et s'écrouler sous les rires.

— Quelqu'un souhaite-t-il suggérer à Ada une stratégie pour la semaine prochaine ? demande Susana.

Très bien, Susana. Cette fille a fait ses devoirs, elle a lu le chapitre concerné.

Nous appuyons, suggérons tous en une seule voix forte.

Remonté à fond, le mécanisme fonctionne, le manuel donne des résultats, d'où notre présence. Au fur et à mesure, je suggère moi aussi, console, interroge et conseille. Un homme bedonnant dit avoir perdu deux kilos, nous le félicitons, l'applaudissons ; Adriana raconte qu'elle n'a pas pu résister à une *mousse* au chocolat avec des noix, nous la comprenons, la réconfortons, l'encourageons à être plus ferme. À un moment, je cesse d'être moi et je commence à être eux ; cela me surprend à chaque fois, d'entendre ma voix dans le chœur, de sentir mes paumes tenir leur rôle dans les applaudissements, d'intervenir dans le rituel que je critique avant et après. Comment s'y prennent-ils, quand et pourquoi j'abandonne mes réticences, que font-ils pour me recruter ? Je me dis que je suis une femme facile à manipuler, un jour le personnage de Bette Davis viendra et je ferai partie des siens sans opposer de résistance, je rejoindrai la compagnie du village qui rend un culte au dieu des récoltes et sacrifie les étrangers, j'intégrerai ce sabbat sans doute ni remise en question, juste histoire de me sentir couverte par quelque chose qui me protège.

La réunion s'achève et nous nous levons. Nouvelle tournée d'embrassades, la main grassouillette dans la main grassouillette, les dernières effusions, les adieux d'étreinte étroite. Ni étrangère ni montgolfière, ni pneu, terminé les phrases avec le mot « jamais » : à un moment la femme a remplacé la baleine. Le groupe qui m'absorbe et se soustrait à ma volonté me rendra à la rue, entièrement humaine. Une fois encore je sors de la salle du fond de la paroisse de Punta Carretas, pousse la porte, bats des paupières, et déteste de nouveau la futilité de ses arguments, ris de l'optimisme de pacotille, méprise la copie de la copie de la copie. Mais une fois encore je sors mystérieusement réconfortée.

3

Je franchis rapidement les cent mètres qui mènent de la rue Colón à la place Zabala, parviens à la porte de mon immeuble, introduis la clé, la fais tourner, pousse, appuie sur l'interrupteur afin d'allumer la lumière – une fois, deux, plusieurs fois –, sans résultat. Panne d'électricité, zut alors, et quand je prends conscience du désastre, je frissonne.

Si on habite au cinquième étage et qu'il y a une coupure de courant, on appelle ça un inconvénient.

Si on habite au cinquième étage, qu'il y a une coupure de courant, qu'on a de nombreux kilos en trop et aucun entraînement physique, on est en droit d'appeler ça un cataclysme.

Je peux attendre en bas, m'asseoir sur un banc de la place, mais je me rappelle qu'il y a déjà eu des coupures dues à un dysfonctionnement du tableau électrique, qu'il a fallu téléphoner à la compagnie et attendre des heures. Que faire pendant deux, trois, quatre heures, assise sur un banc de la place ? Je peux aller passer un moment dans un bar, au cinéma pour voir un film, ou deux, dîner dehors. Pas mal, non ? Après m'être décidée, je me rappelle que je suis sortie sans mes cartes de crédit, je n'ai même pas de quoi me payer un café et les banques sont fermées.

Reste plus qu'à monter. J'irai lentement. À mon rythme.

Je gravis les premières marches, une à une, pas plus d'une volée à la fois, puis me repose.

Je respire, encore une autre volée. Un pied devant l'autre, allez, encore un effort. Je monte ainsi jusqu'au deuxième étage en à peine plus d'une minute. Je me sens bien, la respiration un peu agitée, mais je m'accroche. Je m'enhardis, me lance vers le suivant, ce n'est plus si loin. Une marche, une autre, une autre, mes cuisses commencent à trembler légèrement, je m'arrête, me repose, je ne suis pas pressée. Encore un peu, maintenant le tremblement me paralyse et ma respiration sort furieusement, je reste immobile dans l'escalier, épuisée, essoufflée, je veux respirer mais ne parviens pas à faire pénétrer l'air dans mes poumons. Je ne peux pas continuer, je m'assieds, à demi couchée sur les marches, j'attends longtemps, très longtemps, avant de reprendre mon souffle. Je me lève et je recommence. J'arrive enfin au quatrième étage et je m'écroule. Les poumons comme deux poches de douleur concentrée, l'air passe en sifflant entre mes dents et je sens mon cœur battre dans ma gorge, sous mon crâne.

L'immeuble, privé du son des radios, téléviseurs, ordinateurs, équipements Hi-Fi et même des réfrigérateurs, radiateurs, aspirateurs et lave-linges, est plongé dans un profond silence de glacier ou de désert. Nous qui vivons au cœur du bruit redoutons l'absence soudaine de celui-ci, perdus que nous sommes dans l'immensité plate et privée de références du vide et, très vite, notre ouïe se met en quête d'ondes audibles.

Au début, je n'entends rien, aucun son ne parvient jusqu'à cette marche sur laquelle je suis assise dans la demi-pénombre d'une lucarne, je ne perçois que ma respiration encore obèses, même si peu à peu elle se calme. Derrière le soufflet de forge, rien. Je retrouve le rythme, respire plus doucement, plus lentement, et le silence s'amplifie, noir malgré la lumière déclinante de la lucarne. L'immeuble aussi semble déserté par les voix, les cris d'enfants, les conversations, les aboiements, peut-être parce qu'il est tôt et que ses occupants ne sont pas encore rentrés du travail ou alors ils sont paralysés par la confusion que l'absence d'électricité a générée.

Je reste donc dans l'expectative, à l'affût du moindre bruit.

J'ai tellement désiré l'entendre qu'au début j'ignore s'il est réel ou le fruit de mon imagination. C'est tout d'abord un soupir, une inspiration très légère que je crois reconnaître, une respiration à peine agitée, presque comme la mienne en ce moment, puis de nouveau le silence, qui me fait conclure à une hallucination. Je retiens mon souffle, mes sens s'affolent, j'attends, crispée. Mais les secondes s'écoulent et je n'entends plus rien.

Je me lève lentement; résignée, déçue, je m'apprête à reprendre l'ascension quand de nouveau je l'entends: un long et lent halètement qui m'oblige à me rasseoir, les poils de ma nuque hérissés. Je regarde vers l'étage inférieur la porte d'où provient le son d'après moi, je déploie mes antennes, j'écoute, je retiens l'air. Deux respirations, maintenant il semble y en avoir deux et, par instants, elles s'amplifient, les souffles se font de plus en plus intenses, deviennent des gémissements. Oui, j'entends deux personnes en plein rapport sexuel.

Je descends les quelques marches, avance en silence, glisse comme un chat sur la faible distance qui me sépare de la porte de l'appartement 402 et, quand je suis tout près, constate qu'elle est légèrement entrouverte, de cet interstice que d'aucuns laissent durant les nuits chaudes afin de créer des courants d'air et rafraîchir l'atmosphère. Je reste sur le seuil, écoute monter les murmures qui proviennent d'une pièce proche de l'entrée ou peut-être d'un fauteuil placé face à la porte. Je ferme les yeux, me colle contre le mur, j'écoute, j'écoute.

Maintenant je vais regarder, je dois regarder, je meurs si je ne regarde pas.

Le palier s'est assombri, ça m'étonnerait qu'on me voie. Mais je dois faire attention, parfois j'oublie. J'approche la tête de l'embrasure, j'essaie de voir dans l'obscurité, je distingue d'abord deux formes, des mouvements lents de jambes et de bras, corps imbriqués, fondus, qui s'éloignent et s'écartent. Les gémissements sont intenses maintenant et grandissent dans le silence total de l'immeuble, m'entourent, m'envahissent. Je respire le musc, les phéromones. En tâtonnant légèrement, je pousse la porte de quelques millimètres, l'ouvre juste un peu plus, un tout petit peu plus. Elle ne fait pas de bruit, elle glisse. Mes pupilles forcent, je les sens se dilater, puis je les vois là, à trois ou quatre mètres, leurs corps brillent, se frottent, se palpent, se lèchent.

Je m'accroupis, m'assieds sur le sol sans avoir conscience du froid, m'installe dans les ténèbres du palier et l'entrebâillement, comme ce jour-là devant la porte de Mirta. Une fraction de seconde, mais si intense que le changement en devient physique, je suis ailleurs. Le souvenir éclate, la scène me revient en mémoire et se tourne en boucle dans ma tête, Mirta et Ricardo se juxtaposent à ces amants, comme eux glissent l'un sur l'autre, s'approchent et s'éloignent, murmures, voix profondes, sons humides, corps successivement parallèles, concaves et convexes, qui s'attirent et se repoussent, avides, violents. Le souvenir de ce jour me revient, la maison de tante Irene était silencieuse comme l'immeuble maintenant, je me tenais dans l'ombre à scruter, comme la fois où j'avais marché tel un chat jusqu'à l'entrebâillement, au lit proche, perçu les corps entrelacés, les langues actives et exploratrices, l'eau dans les bouches je l'avais sentie dans la mienne, et une force centripète m'avait attirée plus près de la porte.

Je reviens alors à ce couple dont je ne connais pas les noms et n'ai peut-être jamais vu les visages ; ils s'affrontent en un combat féroce, ils ne gémissent plus ni ne murmurent, mais hurlent en se caressant, crient en se léchant, en s'aspirant. Je sens ma respiration s'intensifier, doucement, encore quelques centimètres, je les ai devant moi, distingue chaque détail, je pourrais me rapprocher à toucher ces peaux en sueur, les sentir trembler sous mes doigts, approcher ma bouche de ces bouches. Je sens que la salive inonde ma langue, je veux entrouvrir la porte un peu plus.

Le bruit de celle de l'entrée de l'immeuble qui se referme avec fracas me confond et brise l'instant. Des pas résonnent, quelqu'un va appuyer à plusieurs reprises sur l'interrupteur et d'ici une poignée de secondes monter les marches.

Je me lève, me rappelle où je suis, arrange mes vêtements et m'échappe en haut de l'escalier.

4

— Bonsoir. Vos papiers, s'il vous plaît.

— Bonsoir, monsieur l'agent. Il y a un problème ?

— Non, monsieur. Simple contrôle.

— Je ne roulais pas vite.

— C'est la routine.

— D'accord, d'accord.

— Veuillez couper le contact.

— Je suis pressé, je vais à l'aéroport.

— Coupez-le.

— Oui, bien sûr, comme vous voudrez.

— Carte d'identité, permis de conduire et papiers du véhicule.

— Voici les papiers du véhicule. Quel sale temps !

— Oui, mauvais moment pour sortir.

— Tout va bien ?

— Oui, merci de me présenter votre carte d'identité.

— Un instant, elle est dans mon portefeuille. La voilà.

— Santiago Losada ?

— Oui.

— Vous habitez à Montevideo ?

— Oui. Mais je ne comprends pas ces questions. Il y a un problème ?

— Aucun, je vous l'ai dit, c'est la routine.

— Le véhicule est à mon nom, constatez par vous-même.

— Laissez-moi vérifier, c'est l'affaire d'un instant.

— Bien sûr, faites, mais dépêchez-vous, je vous en prie. Je vais rater mon avion.

— Je vous les rends tout de suite.

— Je vous en remercie.

— Effectivement, vos papiers sont en règle.

— Je peux y aller ?

— Je vais vous déranger encore un instant, monsieur. Montrez-moi l'extincteur et la balise.

— Ils sont à l'arrière, dans le coffre. Je vous donne les clés et vous y jetez un coup d'œil ?

— Descendez, je vous prie.

— Je vous ai dit que j'étais pressé. Ne pouvez-vous pas suivre toute la procédure avec un autre automobiliste ?

— Veuillez descendre, monsieur. Les citoyens réclament des contrôles mais ils ne veulent pas être contrôlés.

— C'est vrai, c'est vrai. Mais je n'avais jamais vu de policiers arrêter des automobiles dans cette rue, encore moins à cette heure de la nuit et sous la pluie. Je dois vraiment descendre ? Je vais me tremper.

— Excusez le dérangement, il y a de nombreuses plaintes pour vol de véhicule, particulièrement dans le quartier.

— C'est vrai, à Carrasco[1] il y a beaucoup de vols, oui.

— D'où le contrôle.

— Voici, extincteur, balises. Tout est en ordre.

— Montrez-moi l'extincteur pour que je vérifie la date de validité.

1 Banlieue résidentielle de Montevideo.

— Je dois le sortir, il est au fond du coffre. C'est nécessaire ? Regardez le temps qu'il fait. Et je suis pressé.

— Je suis désolé, mais c'est nécessaire.

— Vous ne m'avez pas dit que vous cherchiez des voitures volées ? Pourquoi me demandez-vous l'extincteur ?

— La routine, monsieur Losada.

— Il pleut de plus en plus fort, le coffre est couvert de boue, à cause de vous je vais me mouiller et me salir. Cela me paraît abusif. J'appelle tout de suite la police de secteur pour me plaindre de vos méthodes absurdes...

— ...

— Que faites-vous ? Lâchez-moi.

— ...

— Aaaaaah !

— ...

— Faites de beaux rêves, monsieur Losada.

5

La lumière est revenue depuis un moment. Simultanément, il s'est mis à pleuvoir, et tout ce que je comptais faire est reporté, condamné par la mélancolie de la nuit pluvieuse, elle me plonge dans une apathie plaisante d'où même l'envie de manger quelque chose de sucré et bourratif, un gâteau au chocolat et aux noix par exemple, ne peut me tirer. Je pense aller acheter une friandise, oui, et essaie au moins par la pensée, mais la somnolence envahit mes sens et me plonge dans un fauteuil, je veux simplement entendre le bruit des gouttes contre les vitres. La pluie me calme, m'endort, dilue ma volonté, en cet instant je sens la vie devenir tolérable, et je divague, l'esprit vide, m'échappe hors de moi.

Jusqu'à ce que les talons de la voisine du 602 traversent le plafond.

Tac.

Tac.

Elle vient d'entrer chez elle, cette fois en compagnie de plusieurs personnes car le claquement de ses talons est à l'unisson des rires en chœur et du vacarme des conversations. Les bruits envahissent mon silence, parfois ils s'espacent mais ne cessent jamais vraiment. Le fracas étouffe mes pensées, les rires et la musique qui commencent à résonner me distraient du néant si agréable où je venais de déposer mon esprit.

Aujourd'hui plus personne n'est maître de son esprit.

Tac.

Tac.

Des rires encore, combien sont-ils ? Nombreux, on dirait.

Je me bouche les oreilles, cours me réfugier dans ma chambre, prisonnière chez moi, assiégée par le tapage de ma voisine et de ses amis.

Sonnée, je cherche une activité, je sors des boîtes, fouille, sélectionne. Je regarde des photos, les passe en revue, les empile, l'image d'une colline me ramène à une époque chaleureuse et à midi, je me vois en train de pédaler avec des amis éphémères, une petite maison au fond d'un jardin, fenêtre, porte-fenêtre, toit en tuiles et saule pleureur, ma mère et moi sur le seuil, elle tient une couverture ou une serviette comme si la photo l'avait surprise dans une activité quotidienne, je suis en maillot de bain comme si j'allais à la plage ou en revenais, même si je sais que nous n'allions jamais à la plage car maman était déjà malade, et voilà une autre photo, un petit bois, un hamac, mon père et moi.

Des bruits, encore. Mes voisins ont la phobie du silence ou quoi ?

Je n'ai guère de photos avec mon père, et guère de lui tout seul, c'était lui qui les prenait, il se chargeait d'immortaliser les moments, les paysages, les personnes, il décidait ce qu'il fallait enregistrer sans jamais laisser d'enregistrement de lui-même. Très peu de clichés, presque jamais son visage sur le papier, des boîtes et des boîtes de témoignages de voyages, d'anniversaires, de Noëls, les preuves minutieuses d'un passé dont on a escamoté le personnage principal. Ton visage s'est effacé, papa, car le passage du temps génère davantage d'oubli que de souvenirs. Je déploie les photos en éventail sur le lit.

La musique qui vient d'en haut fait légèrement trembler le papier jauni que je tiens à la main. Boum boum boum, les détonations d'un film résonnent dans l'immeuble, enfants qui pleurent, chiens qui aboient, cris de terreur télévisés, pleurs cinématographiques qui m'empêchent de travailler, penser, vivre.

Essaie de te concentrer, Úrsula, papa est là, un petit bois, un hamac. J'ai six ans environ, ma sœur quatre et mon père est jeune et maigre, avec de fines moustaches comme un acteur américain, un short assez court, mocassins et chaussettes, nous paraissons heureux tous les trois. Je ne me rappelle rien de ce moment, où se trouvait maman, avait-elle pris la photo ?

Oui, à part celle-ci et deux ou trois autres, mon père ne m'en a pas laissé. Pourtant, il m'a tout légué : les peurs, les préjugés, la tendresse et la violence, la forme du nez, le groupe sanguin, l'amour de la vieille ville et de ses rues, cet appartement et les meubles ; il m'a légué le mot, les mots, ces deux langues qui me permettent de gagner ma vie en faisant passer les mots de l'une à l'autre, et il m'a légué chacune de mes haines, y compris celle que je lui réserve aujourd'hui encore. Je ne pense presque jamais consciemment à papa, mais je pense tout le temps à lui quand je choisis un livre dans sa bibliothèque, quand j'achète la viande qu'il aimait, quand j'attends mon tour chez son dentiste. Il m'a tout légué et m'a enfermée dans ce voyage aller sans retour, qui est le prolongement de sa propre vie. Et quand je pense à lui, je me retrouve perdue dans le labyrinthe du passé, celui de tous les passés, ceux qui ont eu lieu, tous les passés probables ou possibles, et ceux qui n'ont peut-être jamais eu lieu, je me perds en eux, et les heures et les jours se succèdent entre les cartes postales des voyages, en écoutant sa musique et même en buvant sa marque de café ; je me perds dans le labyrinthe du passé qui vit dans cette maison, accroché à ses murs, qu'on respire dans son air, et je me dis qu'il ne reste chez les vivants que ce que les morts ont voulu nous léguer.

La musique augmente, les cris redoublent, tout arrive de plus en plus fort ; peut-être qu'ils regardent un film où l'on assassine les victimes en mutilant leurs membres un par un, ou peut-être à l'étage sont-ils eux-mêmes en train d'être mutilés. Mais non, mais non, la vie n'est jamais aussi bonne, personne ne les assassine, ils regardent juste la télévision et rient trop fort, ils rient juste trop fort, juste à des heures indues.

Oublie ce boucan, Úrsula, concentre-toi sur ton travail, ne les laisse pas t'envahir à ce point. Je saisis une autre photo, avec rage : mes parents le jour de leur mariage, avec leurs parents, d'autres clichés de Ramona, ma grand-mère, entourée de ses filles, tante Irene et Irma, ma mère, toutes habillées comme pour aller à l'opéra, un bébé dans les bras, ce ne peut être que moi, ma grand-mère droite et élégante avec ses boucles d'oreilles, ses bagues et sa broche sur la poitrine, à côté de mon grand-père, Máximo, ses lunettes cerclées de métal et ses bretelles, la chemise sortant légèrement du pantalon, les cheveux longs et en bataille, elle souriante et lui solennel, exactement le contraire de la réalité, comme si la photo était un miroir les reflétant inversés. Et sur la suivante, ma mère assise dans cette pièce et dans ce fauteuil où je suis assise maintenant, déjà malade et avec la conscience de la fatalité peinte sur le rictus du front, les yeux cernés en dépit du maquillage et de sa coiffure apprêtée, donnant la main aux petites filles debout à ses côtés et qui se savent orphelines avant même de l'être. Elles me regardent toutes les trois depuis le carton jauni, depuis un passé dont je me souviens à peine, et je pense que ma mère est partie et que ni Luz ni moi ne sommes plus ces personnes, que seul le fauteuil a échappé au passage dévastateur du temps.

Et Irene, tante Irene, chère tante Irene, tante proche, parfaite belle-mère. Tante Irene, que le diable t'emporte où que tu sois maintenant, puisses-tu pourrir en enfer, brûler sur le grill du diable si tant est que le démon ou l'enfer existe ; mais non, ce sont des histoires pour les enfants, et toi, chère tante Irene, je sais que tu es dans l'abîme du néant, dans cet implacable infini de l'éternel, dans le vide du non-être, irrémédiablement morte.

La nuit est tombée depuis longtemps. La pluie, devenue torrentielle, persiste. Les voisins se sont tus ou endormis. J'ai étalé les photos sur le lit, en éventail ; je vois les visages des morts, qui me regardent tous depuis le papier ; leurs yeux, les yeux de ceux qui ne sont plus là, me rappellent qu'ils ont existé, m'implorent de ne pas les oublier, me disent qu'ils ne cesseront d'être que lorsque je ne me souviendrai plus d'eux. Qui a dit que la seule mort était l'oubli ? Quel snobisme. Je les regarde, je contemple les clichés et j'éprouve la sensation inquiétante de ne jamais les avoir vraiment connus, de ne jamais avoir su qui ils étaient, quelles étaient leurs passions ou leurs misères les plus basses, leurs côtés les plus sombres, ce qu'ils ont été quand ils n'étaient ni mes parents ni mes grands-parents ni ma tante.

Je regarde autour de moi : dans cette enceinte il ne reste plus de lumières, juste des ombres, de ce théâtre, il ne subsiste que le décor. Il est plus de minuit, la voisine du 602 et ses amis reviennent d'un lieu quelconque et le vacarme reprend de plus belle. Impossible de se concentrer ou d'avoir une seule idée quand les voisins s'amusent ; le bruit consume les pensées et les enterre.

Aujourd'hui, personne n'est maître de son esprit.

Je cherche mon téléphone, j'appelle le commissariat, je me plains du tapage, je prends un Somnium, un autre au cas où, et plonge dans le néant du sommeil chimique.

6

À 1 h 45, ce jour, je soussigné brigadier Walter Dos Santos Morales, de service au siège de la Première Section de Police, située au 1055 de la rue Gutiérrez Ruiz, certifie que nous avons reçu un message radio provenant du standard de garde des urgences du 911, qui nous a informé, d'après un appel émanant d'une voix féminine qui n'a pas voulu décliner son identité, appel passé depuis une résidence de la rue Treinta y Tres à l'intersection de la rue Juan Carlos Gómez, 6e étage, à 23 h 30, que se tenait une fête au niveau sonore très gênant pour le voisinage. Par rapport à l'heure mentionnée, la plaignante a déclaré que la musique et les cris n'avaient pas cessé au cours des deux dernières heures. Une patrouille, composée du signataire et de deux policiers de garde, s'est rendue sur les lieux à 4 h 30 faute de disposer d'un véhicule auparavant, sans constater aucune irrégularité. Interrogé, un témoin qui se trouvait sur place, José Carlos Almada, qui dit être le veilleur de nuit du local situé en rez-de-chaussée de l'immeuble où se serait tenue la fête présumée, a déclaré n'avoir connaissance d'aucune irrégularité et ne pas avoir entendu de bruit particulier de la nuit. Toutefois, interrogé sur son état aux alentours de minuit, il a reconnu avoir dormi quelques minutes voire une heure. Pour constat, signé (illisible).

7

— Allez, aide-moi à le traîner. Pffou, ce qu'il est lourd.

— Attends, je me débarrasse de la casquette et de la veste. Une patrouille peut passer et me voir habillé en flic, t'imagines ?

— Arrête tes conneries, putain. Mieux vaut surtout de se faire pincer par les flics en train de trimballer un corps.

— Ce n'est pas un cadavre, *che*. Il n'est pas mort, il dort.

— Appelle-le comme tu voudras. Aide-moi, tire par-là, allez.

— On est juste en train de mettre un type endormi dans le coffre d'une camionnette, malade ou ivre.

— À minuit ? Par ce temps ?

— C'est l'heure où les gens tombent malades ou sont bourrés. Fais gaffe, tire-le sur ta droite.

— Drôle d'heure pour donner des explications aux flics.

— Bon, comment on fait pour le porter, Sergio ? Il est lourd.

— Tourne ses jambes à droite et tire-le par les pieds.

— Le problème, ça va être de le soulever jusqu'à la portière.

— On va le faire passer par la tête. Comme ça, comme ça. Allez, Germán, allez, encore un peu.

— Ce type pèse son poids…

— Il est grand, je te l'avais dit.

— Cent vingt kilos, au moins. Aïe, je vais choper un tour de reins.

— Ce que tu lui as filé fait effet combien de temps ?

— Il en a pour plusieurs heures. Après, je lui remettrai une dose.

— Ou un coup. Non, il vaut mieux qu'il ne se réveille pas. Fais gaffe, il glisse. Attention !

— Du calme, du calme. Je le tiens fermement. Maintenant, pousse. Ça va comme ça ? C'est bien ?

— Oui, oui, vas-y, tiens-le par en haut.

— Ouvre un peu plus grand la porte de la camionnette, Sergio, il ne tient pas. Attention à la tête, elle ne passe pas.

— Ça y est, ça y est, il rentre, pousse les jambes et recouvre-le avec ces bâches.

— Bon, je m'en vais vite, j'ai peur que quelqu'un passe et nous voie.

— À cette heure il n'y a pas un chat, j'ai bien étudié la question.

— C'est vrai, le vigile du coin de la rue dort comme un bébé. Je l'ai vu en passant devant la guérite.

— Je te l'ai dit, il a trois boulots et à cette heure, il tombe de sommeil.

— Oui, tu as tout prévu, quoi.

— Maintenant on suit le plan, d'accord ? Allez, dépêche-toi, emmène Losada.

— Toi, tu prends la Mercedes Benz pour la faire disparaître à la campagne.

— Oui. Le temps d'y aller et de tout régler, ça va me prendre trois jours max. Après, je reviens et on se retrouve à la planque.

— D'accord. Tu es sûr qu'il ne se réveillera pas ?

— Il va dormir à peu près dix heures, entre le coup reçu et la piquouze.

— Je ne veux plus de surprises, maintenant.

— Cette drogue assommerait un éléphant.

— Qu'est-ce que c'est ?

— Un somnifère, il a une dose de cheval.

— Je pars tranquille alors. Je vais appeler sa femme tout de suite.

— Oui, fais ça. Bonne chance avec le type, attache-le bien en arrivant.

— Bonne chance avec la voiture, débarrasse-t'en vite et rejoins-moi à la planque.

— Salut, Germán.

— À bientôt.

DEUXIÈME JOUR

1

Une cigarette fume dans mon séjour.

Tenue par une main délicate, aux doigts fins, aux ongles longs et soignés, recouverts d'un vernis nacré, les doigts cerclés de bagues en or qui brillent, pas trop, trois ou quatre, ce qui convient d'après les critères de leur propriétaire. La main est collée à un bras mince et fuselé, légèrement musclé, bronzé, le bras à un corps aussi stylisé et élégant que les mains : taille fine, hanches fermes, ventre plat, plus bas, des jambes qui ne peuvent appartenir qu'à quelqu'un qui va au gymnase au moins trois fois par semaine, et en haut un buste ferme, un peu excessif, peut-être grâce au bistouri. Plus haut le cou, autour, un pendentif minimaliste et onéreux, design, et enfin la tête, le visage, la peau lisse pour ses quarante ans, les yeux en amande, un maquillage léger, des cheveux bruns abondants, longs et soyeux, ondulés. La cigarette fait des allers-retours vers une bouche charnue et aussi nacrée que ses ongles, au vernis vraisemblablement assorti.

Parfois, je voudrais étrangler cette femme assise dans mon séjour, lui serrer le cou jusqu'à ce que la peau de son visage devienne aussi bleue que ses yeux, serrer et la voir ouvrir la bouche, gémir, baver sur la nacre des lèvres.

Bref, encore un vœu qui va tomber dans le casier de ceux qui ne seront jamais exaucés.

— Tu te dépêches, Úrsula ? Je dois être à mon cours de gym à huit heures et demie.

— Je suis prête, quand tu es arrivée, je venais de prendre mon petit déjeuner, parce que maintenant je vois le médecin le matin.

— Le café vient d'être fait, non ?

Ma sœur Luz ne boit que du café frais, il faut lui en préparer à chacune de ses visites.

— Oui. Enfin, il y a une demi-heure. Tu portes un parfum orange amère et vétiver.

— Vraiment ? Je ne sais pas. C'est Ralph Lauren. Allez, dépêche-toi, s'il te plaît.

Luz est toujours pressée, a toujours mille choses à faire et les journées de vingt-quatre heures n'y suffisent pas. Elle ne travaille pas et ne s'occupe pas d'une maison, si ce n'est une collection de roses aux noms exotiques qu'une entreprise cultive dans son jardin et qu'un système d'arrosage maintient raisonnablement hydratées. Elle conduit son énorme SUV et se dépêche pour arriver en retard partout.

Je l'écoute depuis la cuisine : elle m'explique qu'après la gym, elle va à son cours de jardinage hydroponique, que d'ici quelques jours elle part en voyage je ne sais où, quelque part sur l'altiplano pour y voir une exposition de fleurs, de roses une telle et une telle, mentionne quelques noms latins que je ne comprends pas, et je songe que le sujet semble l'enthousiasmer davantage que d'ordinaire.

Je pose les deux tasses sur un plateau, l'édulcorant, deux serviettes. Je passe dans le séjour, où elle poursuit son énumération de gros mots en latin. Ferme-la, Luz, s'il te plaît, j'ai vraiment envie de te le jeter à la tête, ce café, de le voir se répandre sur ton T-shirt, ton pantalon clair, sur les ongles de tes orteils nacrés.

— Sers-toi, ma chère.

— Tu n'as pas un autre édulcorant ? Celui-ci contient de l'aspartame.

— Et alors ?

— C'est cancérigène.

— Je ne savais pas.

— Tu n'as rien d'autre ?

Je réponds par la négative. Elle prend quelques sucrettes, remue le café d'aujourd'hui et le cancer de demain, les mélange, les porte à sa bouche et les avale.

— Demain, c'est l'anniversaire de tante Irene, dit-elle.

— Oui, je m'en souviens. Tu comptes aller au cimetière ?

— J'y suis passée hier et je me suis occupée de la tombe, j'ai fait nettoyer, désherber, lustrer les bronzes, j'ai mis des fleurs. Toi, tu n'y es pas allée.

— Tu sais ce que j'en pense.

— Non, je ne sais pas, dis-le-moi.

— C'est de la pure nécrophilie.

— Peut-être, mais ça me fait du bien. Parfois, je crois que je le fais pour maman, papa et tante Irene, d'autres fois je pense que je ne le fais que pour moi, pour ma tranquillité et la paix de ma conscience.

Quelle chance de se sentir en paix avec sa conscience en mettant des fleurs dans des vases en verre. Bonne ou mauvaise, je n'ai pas de conscience, ni de comptes à régler avec les morts, je ne leur dois rien que je n'aie déjà payé, et ce qu'ils me devaient, ils me l'ont réglé aussi. Nous sommes quittes mes chers morts, pourrissez en enfer et pour l'éternité.

— C'était tellement horrible, j'ai beaucoup de mal à oublier. Tu ne fais pas de cauchemars ?

— Non, de ce jour-là, je ne me souviens de rien, je te l'ai toujours dit. Et je ne fais jamais de rêves, ni beaux ni mauvais, dis-je en mentant avant de le regretter. Enfin, juste de temps en temps.

— Tu as eu des nouvelles de Ricardo ?

— Toujours en prison, j'imagine, et je suppose qu'il en a pour un moment. Une condamnation pour homicide ne se purge pas comme ça, en deux ans.

— Et Mirta, tu l'as vue ? Elle t'a rappelée ?

— Non plus. Depuis qu'on a payé son renvoi et son indemnisation, elle a disparu. C'était juste avant l'été, après les dépositions au tribunal, novembre ou décembre. Elle m'a dit qu'elle partait travailler à Punta del Este et je n'ai plus jamais eu de nouvelles. Je ne m'attendais pas non plus à ce qu'elle téléphone ou reste en contact. Elle ne doit pas avoir envie de voir des gens qui lui rappellent le passé.

— Maintenant que j'y pense, ça me fait de la peine, dix ans avec la tante dans la même maison, pour finir comme ça, après tout ce qu'on a partagé. Tous ces moments de vie.

Un temps mort que je mets à profit pour ôter les peluches du bras du fauteuil. Tout ce que dit Luz aujourd'hui m'énerve, depuis combien de temps est-ce que ça dure ? Depuis toujours ? Non, je me souviens avec tendresse des deux fillettes que nous étions, que nous avons été jeunes et complices, cette colère ne peut venir d'aussi loin.

Elle fume et boit son café, et le silence se prolonge plus que d'habitude.

— À quoi est-ce que tu pensais ?

— À la disparition de la bague de grand-mère dont Irene avait hérité, tu te souviens ? C'est bizarre qu'on ne l'ait pas retrouvée dans les affaires de Ricardo.

— On en a déjà parlé mille fois, Luz, tu es obsédée par cette bague. Ce n'est pas une disparition Je suppose qu'après le crime il l'a vendue. Elle avait une grande valeur.

— Si vite ? Il s'est fait pincer deux heures après l'homicide.

— Je n'en sais rien, il a dû la revendre contre de la drogue, ou la jeter quelque part en voyant arriver la police.

— Il n'a jamais avoué l'avoir volée. C'est le commissaire chargé de l'affaire qui me l'a dit.

— Il n'a pas avoué l'assassinat non plus, puisqu'on en parle.

— C'est vrai. Sans les empreintes...

Un silence.

— Comment va Daniel ?

— Comme toujours, il est très occupé. Il travaille, il voyage beaucoup.

— Il joue toujours aux échecs ?

— Oui, c'est sa passion, après le travail.

— Salue-le de ma part.

— Viens à la maison, on fera un barbecue. Demain, ça te va ?

— Oui, d'accord. Après, j'irai travailler à la télé.

— Eh bien, demain, alors. Tu es allée au mariage de la fille de Rocío ? Je n'ai pas pu. On dit qu'elle était très jolie.

Depuis longtemps déjà, ma sœur et moi utilisons la partie la plus superflue du langage : Comment va machin ? Qu'est-ce qu'il a fait chaud, hier soir, ça annonce sûrement la tempête.

Je l'observe, elle est si gracile. Voyons, essayons d'imaginer si Luz serait capable de tirer sur quelqu'un, de lever son bras mince et musclé, de viser un corps vivant et pan, pan, pan. Même si elle était capable de tuer, impossible de le savoir, elle n'avouerait jamais rien qui puisse altérer son image de cariatide postmoderne, alors continuons à parler de l'humidité, des séries du câble et de la fête du mariage de la fille des Borges dans la propriété de San Fernando. Mais elle n'est pas sotte, et moi non plus, ce n'est qu'un rituel de trivialité qui s'est imposé à un moment dans nos vies. N'est-ce que de la banalité ? Parfois, je crois à l'existence d'un courant souterrain sous nos sujets de conversation, une communication parallèle de grimaces, inflexions dures, tons sarcastiques ; il y a une lutte établie que j'ai du mal à comprendre, mais elle est là. Je me demande si, pour elle aussi, cette barrière qui s'est élevée entre nous la préoccupe. J'ai tenté d'identifier quand chacune de nous a commencé à s'enfermer en elle-même, à blinder ses sentiments par des paroles, à quel moment nous avons cessé de communiquer, de partager, de nous battre sans nous battre, quand ? Je n'en suis pas certaine, peut-être le point de départ a-t-il été la mort de tante Irene.

L'étonnant miracle de la mort, une personne marche et pense, et le lendemain c'est un objet inanimé, le néant, moins que rien, juste froid et vide. Pauvre, chère Irene, assassinée il y a un an, sept mois et douze jours, aujourd'hui objet inanimé reposant dans une petite maison de ciment recouverte de granit, dans une tombe entourée de fleurs dont Luz s'occupe ponctuellement. Corps décomposé qui nourrit les vers, qui se desséchera avant d'arriver à l'os puis au néant.

C'est ce que tu es maintenant, ma pauvre tante, moins que rien.

— Pourquoi vas-tu chez le médecin ?

— Rien de particulier, un contrôle. Quand pars-tu en voyage ?

— Dans quatre jours et huit heures.

— Tu restes combien de temps ?

— Une semaine à La Paz. Je te dépose à l'hôpital ?

— Non, laisse, j'ai des choses à faire.

— J'aimerais la retrouver pour lui poser des questions, dit-elle.

— Qui ?

— Mirta.

— Tu veux essayer de résoudre un mystère déjà vieux ? Gratter un crime élucidé ? Tu regardes beaucoup la télévision, trop d'affaires classées, à mon avis.

— Non. L'assassin est en prison, il n'y a rien à résoudre. C'est juste quelques questions que j'aurais voulu lui poser à l'époque, et je n'ai pas pu.

— Laisse tomber. Je t'ai dit que ton parfum sentait le vétiver et l'orange amère ?

— Oui.

Ma sœur m'embrasse et part en hâte.

2

Les salles d'attente des médecins représentent une longue parenthèse de néant.

Le temps s'écoule hors du temps, je me faufile entre des pensées vides, promène le regard sur des meubles ordinaires et des visages inexpressifs. Sur une table basse, des revues, *El campo hoy* et *Automóviles del mundo*, que je prends, feuillette et repose. En sourdine, une musique disgracieuse, apaisante. Je sors de moi-même, me laisse entraîner par les couleurs pastel des murs et la douceur de la moquette, l'air tiède climatisé, les sons blancs et enveloppants. Je m'endors peut-être, une seconde ou deux, quelques minutes jusqu'à ce que quelqu'un prononce mon nom et je réagis à peine, je reviens à la réalité effrayée, troublée d'émerger de la délicieuse sensation de vide où j'aurais souhaité passer le reste de ma vie.

L'infirmière me conduit à un cabinet blanc, lumineux, indique un espace derrière un paravent, me tend une blouse en papier. La vision de la table gynécologique suscite en moi la même terreur atavique que la première fois.

— Déshabillez-vous et passez ça. Puis allongez-vous.

J'obéis comme seuls obéissent les patients. Sans condition, sans un mot. J'ôte mon pull, ma chemise, dégrafe mon soutien-gorge, – trois attaches, taille spéciale, coupe amincissante –, mes seins retombent librement, vibrent gélatine, méduses contre mon torse. Je baisse mon pantalon, mon slip. Puis enfile la blouse qui retombe sur ma nudité tout entière, tremblant à cause du froid qui règne dans le cabinet.

Toujours debout derrière le paravent, je penche la tête, il n'y a personne, je sors en me dépêchant, grimpe sur la table d'examen, m'allonge comme on me l'a indiqué, arrange la blouse autour de moi, tentant de masquer la chair visible sur les côtés, même si c'est inutile, le médecin ne va pas tarder et me découvrira d'un geste implacable qui révélera tout.

Le papier sur lequel je suis allongée crisse à chaque mouvement, je le sens céder sous mon poids, il est rêche, glacé et bleu ciel. J'essaie de me couvrir davantage, de mieux dissimuler ma peau. Je tente l'impossible. Sur le dos, je regarde l'objet qui émet une lumière inutile dans une ambiance de soleil intense. La lampe est grande, puissante, aveuglante ; éblouie, je reporte mon regard sur la pièce, fais l'inventaire afin d'oublier ma peur : un bureau, un classeur à archives, deux tableaux, trois chaises. Je regarde en haut, vers la lumière, aveuglée. J'entends la porte se fermer et les pas se rapprocher.

— Comment allez-vous ?

J'hésite avant de répondre.

— Bien.

Je ne vois que sa courte blouse blanche, un nom brodé en bleu sur la poche supérieure. Je respire : lotion après-rasage tabac, café. Il soulève ma blouse, la remonte en un seul geste dépourvu de subtilité. La paume froide et gantée s'appuie sur mon ventre, avec force, pousse et fouille, explore et serre, parcourt et presse, s'introduit presque sous la peau et gratte le pannicule adipeux. Stimulations, élancements, courant électrique, contractions des muscles.

— Aïe, j'ai mal.

La main avance, palpe, les doigts se déplient et appuient autour du nombril, sur la peau, la graisse, l'enfoncent.

Je répète :

— J'ai mal.

— J'ai bientôt fini, murmure sa voix en l'air, dans le néant.

Les côtes, le bassin, le centre, les doigts se déplacent au bord du pubis.

— On vous a fait un frottis, une mammographie, récemment ?

— Oui.

— Quand ?

— L'année dernière.

— On va en faire d'autres.

La main saute du sud au nord, jusqu'au contour extérieur du sein gauche, appuie fort sur quelques points, plus légèrement sur d'autres, s'enfonce, s'enfonce, se déplace lentement, s'arrête. La douleur s'atténue au point de disparaître. Je respire l'odeur de sa lotion après-rasage, tabac, chocolat, café. J'entends sa respiration et la mienne. Maintenant la ligne du sein, près du mamelon, les doigts glissent, palpent en cercle, passent de l'autre côté, d'abord la périphérie du sein, puis la zone du milieu, les doigts cherchent, pressent, fort au début et de plus en plus légèrement en se rapprochant du centre. Je commence à transpirer, une goutte coule dans la vallée. Mamelon droit, exploration en cercle. Je respire profondément, je me détends. La température du cabinet est agréable, chaude. Mon corps s'adapte à la main gantée de latex et se détend, se laisse emporter. Comme ça. Comme ça.

Puis plus rien. Les pas s'éloignent.

— Je vais faire le prélèvement pour le frottis. Détendez-vous.

Je garde les yeux fermés. Les pas reviennent. Je regarde, juste un peu, parviens à voir des doigts qui bougent dans des gants en caoutchouc.

— Détendez-vous, détendez-vous. Écartez bien les jambes, nous avons presque fini.

J'obéis, j'écarte bien les jambes, je m'ouvre, je m'expose, je m'exhibe telle que je suis à l'intérieur. Il me revient à l'esprit des scènes de films, des vulves au premier plan, des pubis épilés, des lèvres gonflées, des femmes qui sucent de gigantesques pénis, sont pénétrées, sodomisées, attachées par des liens, immobilisées par des cordes ou des chaînes, je les regarde et suis excitée, mais très vite je m'ennuie devant cet échantillonnage de parties génitales dignes d'un manuel de biologie. De table de gynécologie, me dis-je tandis que le médecin de service explore mon intérieur. Doigt froid, gélatine, caoutchouc, tout à l'intérieur de moi se déplace, recule et change de direction.

Puis le métal qui s'introduit, envahit, grandit.

Le métal peut-il grandir à l'intérieur ? La sensation est indescriptible, l'horreur me glace. Métal et humidité sur les cuisses, les fesses, les jambes. Douleur, douleur. Tout s'assombrit et je sens les larmes couler le long de ma joue. Quand j'essaie de réagir, le processus est terminé et le médecin retire son instrument, je ferme les yeux, les serre fort, pas question de voir.

— Ne me dites pas que vous pleurez. Vous avez eu si mal que ça ?

— Non, non. Ça me rend nerveuse.

— Ce n'était pas si grave, nous avons fini.

Je ne sais pas si je dois me lever ou attendre une nouvelle intrusion digitale.

— Je vois dans votre dossier médical que vous suivez un traitement prescrit par une diététicienne.

— Oui.

— Depuis quand ?

— Un peu plus d'un an.

Il se dirige vers le bureau, pose ses lunettes, soulève une liasse de papiers, feuillette les premières pages. Il en tourne un certain nombre puis revient en arrière.

— Ici, il est noté que cela fait plus de quatre.

— Bon, quatre.

— Je vais vous peser.

Maintenant va venir l'inévitable séance de la balance, plaintes et admonestations, le sermon qui arrive et passe sans conséquences, abrégé, le docteur dont la salle d'attente est pleine. Il y aura le sourcil froncé et la mise en garde, trente-sept à quarante secondes chrono, je baisse la tête, le regard rivé au cadran de la balance. J'attends.

— Très bien, rhabillez-vous.

J'obéis, j'obéis, m'habille, répète le processus d'il y a quelques minutes en sens inverse. L'embonpoint est naturellement négligé, et les femmes comme moi doivent le réparer, le présenter sous un aspect soigné. Les femmes comme moi doivent se cacher entre les tissus, les plis, disparaître sous les vêtements.

La blouse est abandonnée sur une chaise derrière le paravent. Je sors et m'assieds de l'autre côté de son bureau, j'attends la sentence.

Et maintenant les analyses, les examens, le monitoring. Mon adiposité échographiée, tomographiée, dans le point de mire du microscope.

— Nous allons faire un bilan de routine. Revenez dans quelques jours avec les résultats.

Je suis une grosse diagnostiquée.

3

— Où suis-je ? Il y a quelqu'un ? Je vous entends marcher, je vous en prie, répondez.

— Calmez-vous, si vous coopérez, tout se passera bien.

— Qui êtes-vous ? Qu'est-ce que je fais là ? Aïe, j'ai mal à la tête !

— ...

— Répondez, je vous en supplie.

— Je vous demande de vous calmer.

— Qui êtes-vous ? Où suis-je ? Qu'est-ce que je fais là ?

— Si vous vous tenez tranquille et que vous collaborez, il ne vous arrivera rien.

— S'il vous plaît, desserrez un peu les cordes, j'ai les mains complètement engourdies. Et mal aux chevilles. Vous m'avez mis des menottes ou des câbles aux pieds ? C'est nécessaire ?

— Du calme, j'ai dit.

— Le métal me scie la peau, vous n'imaginez pas à quel point ça me gêne. Je vous supplie de m'ôter les menottes.

— On veut être sûrs que vous n'allez pas vous échapper.

— La corde, c'est pire, elle s'incruste dans mes poignets. Et cette douleur à la tête est intolérable. Je suis blessé. C'est grave ?

— Calmez-vous, c'est rien. Je vais desserrer un peu les liens. Ça va comme ça ?

— Non. Comment ça pourrait aller ? Attaché, menotté et les yeux bandés, ça ne peut pas aller. J'ai des nausées, et tellement mal à la tête ! S'il vous plaît, encore un peu.

— C'est mieux comme ça ? On va s'efforcer de ne pas vous causer plus d'inconvénients qu'il ne faut.

— Qui êtes-vous ? Qu'est-ce que je fais là ?

— Peu importe qui je suis. Calmez-vous, ça va aller.

— Je reconnais cette voix. Je vous connais ?

— Non, je ne crois pas qu'on se soit déjà rencontrés.

— Ah, ça y est, je sais, maintenant je me souviens, la voix du policier. Vous êtes le policier qui m'a demandé mes papiers.

— ...

— Parlez-moi, s'il vous plaît. C'est horrible de ne rien voir, j'ai peur. Qu'est-ce que je fais là ? Pourquoi vous m'avez frappé, pourquoi je suis attaché ?

— Je vous demande de vous calmer.

— C'est un enlèvement. Mon dieu, j'ai été enlevé.

— Je vous promets que ça ne va pas durer, nous allons vous relâcher très vite. Si tout se passe bien.

— Qu'est-ce qui doit bien se passer ? Ne m'effrayez pas davantage que je ne le suis.

— ...

— Aïe, j'ai très mal à la tête. Très, très mal.

— Ça va passer, soyez patient.

— Je dois avoir un énorme hématome, j'en suis sûr, je sens une douleur forte, lancinante.

— Si vous vous énervez, vous aurez encore plus mal.

— D'où vous sortez ça ? Non, non, ce sont des âneries pseudo-médicales.

— Ce ne sont pas des âneries, les contractures musculaires favorisent la douleur.

— Excusez la question, mais vous êtes médecin ?
— Je n'ai pas à vous parler de ma vie personnelle.
— Ni de m'ôter le bandeau, j'imagine.
— Exact.
— Vous ne savez pas à quel point c'est horrible, d'être comme ça, privé de la possibilité de voir ! Et puis à quoi bon, j'ai vu votre visage. À quoi sert le bandeau ?
— Nous ne pouvons pas vous laisser voir le lieu où nous nous trouvons, prendre le risque que vous puissiez l'identifier plus tard. Ni voir mon associé.
— Quand pourrai-je retourner vers le monde de ceux qui peuvent voir et se déplacer librement ?
— C'est de ça qu'il faut que nous parlions. Nous avons besoin de prendre contact avec votre femme, j'ai appelé chez vous il y a un instant, mais et on m'a dit qu'elle n'habitait plus là.
— C'est vrai. Úrsula et moi nous sommes séparés depuis peu. Elle n'habite plus à la maison.
— Je n'arrive pas à y croire. Quelle déveine !
— Déveine ? Pour qui, pour moi ? Je ne suis pas d'accord. C'est ce qui m'est arrivé de mieux dans ma vie.
— Déveine en ce qui nous concerne. Maintenant il nous faut son nouveau numéro, son portable, peu importe, pour rentrer en contact avec elle.
— La tête me tourne, je me sens mal. Aïe, ça doit être tout enflé, peut-être même que je saigne.
— Écoutez, s'il vous plaît, il faut qu'on parle à Úrsula, votre femme. Donnez-moi un numéro pour que je l'appelle.
— Oui, mais j'ai l'impression que le sang me coule sur les tempes, et je sens une chose humide sur le crâne. Vous pouvez regarder ? Ça doit pas être beau et ça me fait très mal.

— Je peux vous donner de l'aspirine. Où habite-t-elle ? Vous devez connaître son adresse.

— Elle n'est plus à la maison, elle vit ailleurs, dans un appartement à Pocitos. Ça doit pas être beau ma plaie. Peut-être qu'il me faut des points de suture.

— Non, c'est pas si moche. Je peux rapprocher les bords avec de la gaze et un pansement. Je vais vous donner tout de suite un verre d'eau et de l'aspirine. Vous connaissez son numéro de téléphone ?

— De l'aspirine ? Vous n'avez rien de plus fort ? Un anti-inflammatoire, au moins.

— J'irai vous en chercher un tout à l'heure. Ou alors mon collègue, s'il arrive aujourd'hui.

— De quel collègue me parlez-vous ? Je n'ai vu que vous, et maintenant je n'entends que vous. Ici, il n'y a que nous.

— Vous l'entendrez plus tard ou demain, quand il viendra.

— C'est vous qui m'avez frappé, je reconnais votre voix. Vous vous êtes fait passer pour un policier. Et je n'ai jamais entendu d'autre voix que la vôtre.

— Vous l'entendrez plus tard, aujourd'hui ou demain. Bon, vous me donnez le numéro de votre femme ?

— Je ne m'en souviens pas, pas du tout. Je voudrais vous y voir avec une entaille douloureuse pareille chercher dans votre mémoire. Je sais même plus le nom de ma mère. J'ai dû subir une commotion cérébrale. Vous n'imaginez pas à quel point ça fait mal…

— N'exagérez pas. Nous n'avions pas l'intention de vous blesser, juste de vous endormir pour nous déplacer facilement.

— Je ne comprends pas. Pourquoi vous essayez de me convaincre que vous êtes deux ? Dites, vous n'auriez pas un ami imaginaire ?

— Croyez ce que vous voulez. Quand il sera là, même si vous ne le voyez pas, vous pourrez au moins l'entendre.

— Je me sens vraiment mal. Ma tête explose.

— Faites un effort, essayez de vous souvenir du numéro.

— Vous ne pouvez pas m'enlever les menottes aux pieds au moins ?

— Non, désolé. Le numéro de téléphone ? Vous vous en souvenez, maintenant ?

— Je vous dis que non. C'est un nouveau numéro, que je ne connais pas par cœur, cherchez dans l'annuaire, appelez, ils vous le donneront sûrement.

— Quel est le nom de jeune fille de votre femme ? Pour le chercher, bien sûr.

— López. Úrsula López. Appelez les renseignements, ils vous le donneront. Et s'il vous plaît, ne me laissez pas comme ça, apportez-moi des anti-inflammatoires et des analgésiques, et dépêchez-vous, j'ai la tête qui tourne, je crois que je vais perdre conscience.

4

Nous ne sommes pas de ce monde
Ne sommes pas de ce pays
Sommes pas de ce village
Pas de cette rue

Devant l'ordinateur, je travaille, je traduis, j'essaie de transposer une langue dans l'autre sans accroc ni en modifier le sens ou l'intention. Ça marche ? Parfois, et parfois je sens l'inspiration m'abandonner, comme en ce moment, quand mon esprit s'envole loin des mots, devient oiseau, feuille sèche, s'échappe là où le porte le vent. Mon esprit, je crois, ne m'appartient pas toujours.

Aujourd'hui 10 avril, c'est ton anniversaire, Irene, ton anniversaire, si tu pouvais encore en avoir un. Tu aurais soixante-cinq ans, si tu étais en vie. Combien d'anniversaires avons-nous fêtés en famille ? Je me souviens de tes réceptions si élégantes, ta maison toute blanche, lumineuse, des fauteuils Van Der Rohe et Breuer, de la peinture figurative, et toi si chic qui accueillais les invités à la porte avec ton style Jackie Kennedy, simplicité étudiée sur un corps mince, une boisson sophistiquée à la main.

Je me souviens aussi de mes anniversaires et de ceux de ma sœur, enfantins, prosaïques, vulgaires, ballons et cris, sandwiches écrasés, gâteau aux colorants chimiques et flaques de soda sur le sol.

« Qu'est-ce qu'on dit à tante Irene ? »

Je déchirais le papier et me demandais comment te remercier de quelque chose que je n'avais pas encore vu et qui ne me plairait peut-être pas, mais les règles de politesse de mon père fonctionnaient sans tenir compte de ces détails, sans concessions à la logique, et je devais te dire le mot attendu, le « Sésame, ouvre-toi » et le mot de passe, pour continuer l'ouverture du paquet doré et défaire les nœuds en velours. Quand je parvenais à dépouiller l'objet de son emballage, quand j'ouvrais la boîte en carton telle une Pandore anxieuse, en retenant mon souffle, sans ciller, j'extrayais des papiers une chemise de nuit en soie ou en satin, longue ou courte, brodée ou avec des dentelles ; je sortais le vêtement doux, luxueux, inadapté, et je regrettais, je regrettais mille fois les remerciements que je venais de prononcer.

— C'est joli, Úrsula adore les chemises de nuit, disait papa, remplissant ainsi le silence qui s'éternisait.

— J'ai pris une grande taille. Elle est en pleine croissance, non ? Ça lui ira très bien.

Puis ils s'enfermaient dans le bureau pour y revoir les comptes, et je me retrouvais avec un nuage de papiers de soie et une boîte ouverte qui contenait le cadavre d'une chemise de nuit.

Puis a commencé un cycle de cadeaux de livres, et cette étape aurait pu être la meilleure car à l'époque je m'intéressais à presque tous les sujets, mais tu es allée chercher des encyclopédies sur les espèces d'orchidées, sur des animaux du nord de l'Océanie en voie d'extinction. Après les avoir feuilletées du début à la fin devant toi, je les laissais sur l'étagère, qui me revenait dans la bibliothèque, pour ne plus jamais les regarder. Récemment, je les ai retrouvées dans un tiroir et j'ai vu pour la première fois que l'exemplaire sur les fleurs était dédicacé de ton écriture ronde et parfaite. « À ma jolie *Grammatophyllum Speciosum*, avec tout mon amour », et je ne savais pas de quoi tu parlais avant de chercher le nom dans la table des matières. « C'est la plus grande des orchidées. Ces plantes peuvent peser de plusieurs centaines de kilos à une tonne. » *Touchée*, ma tante, belle estocade *post mortem*.

Eh oui,

Nous ne sommes pas de ce monde
Ne sommes pas de ce pays...

Comment tout cela avait-il commencé ? Je me le suis demandé si souvent...

Au début il y avait le commandement esthétique : je me développais, tu m'observais de l'autre côté de la table les yeux grand ouverts et fixes, puis tu te penchais vers papa, tu lui murmurais quelque chose à l'oreille, et il remettait dans la boîte l'une des quatre portions de glace déjà servies. Autour de la table, chacun dégustait son dessert et, moi, privée d'assiette, je sentais exploser les coutures de ma robe jaune, la fermeture éclair du jean, s'ouvrir la laine du pull sur mes seins, sauter les boutons de ma chemise, mes bras gonfler et faire craquer le tissu de ma veste, mon ventre ressortir, triomphal, sur la jupe déchirée. Pendant ce temps, Luz, réfugiée dans sa minceur et sa beauté, obéissait au commandement familial et mangeait sa glace, regardait passer la vie depuis la commodité qu'assure l'obéissance.

Des années plus tard et après une soirée d'une violence exceptionnelle de discussions avec papa, je lui avais jeté au visage votre complicité dans l'histoire des cadeaux, des interdictions alimentaires, reproché les humiliations, la nourriture défendue. Il avait nié toute action délibérée, sa responsabilité et la tienne, mais avec un manque d'entrain indigne de son éloquence habituelle, sans même poursuivre la discussion principale, dont la nourriture était un sujet périphérique.

Mais en réfléchissant, tout a commencé avant, avant même cela. La mort de maman, ton éloignement, Irene, en raison d'une bourse à Paris, juste pendant les mois qui ont suivi, marqués par la confusion, la solitude et la perte, le voyage d'affaires urgent, si précipité, de papa. Et quelques années plus tard, adolescente, en cherchant les ciseaux que tu m'avais demandés, ma tante, j'ai découvert les photos dans un de tes tiroirs, vous ensemble en Europe, sourires à Rome, bière à Munich, étreinte sous la Tour Eiffel. Papa, qui ne voulait jamais être sur les photos, apparaissait sur une douzaine de clichés. Comme dans un feuilleton à l'eau de rose, à cet instant, tu es entrée dans la pièce, et tu as au moins eu la décence de ne pas nier ; tu m'as trouvée toutes les preuves à la main et tu as juste ouvert les bras paumes des mains tournées vers le haut, tu as haussé les sourcils, plissé les lèvres dans une grimace entre sourire et excuse.

Mais tout passe, et les années ont passé, le temps m'a rendue grosse et toi vieille, chère tante Irene, et nous a surpris dans une *pax romana* qui a duré jusqu'au jour de ta mort.

Je rouvre le texte, je reviens là où je l'ai laissé :

Nous ne sommes pas de ce monde
Ne sommes pas de ce pays
Sommes pas de ce village
Pas de cette rue

C'est vrai, je ne suis pas de ce monde, je ne l'ai jamais été. Et tout ce que j'ai fait pour lui appartenir, même les choses les plus atroces, m'a finalement laissée au même endroit et toujours aussi seule.

5

Montevideo, 19 avril

Chère voisine de l'appartement 602,

Cette lettre est motivée par un problème d'ordre sonore que je subis depuis votre arrivée dans l'immeuble, et qui prend directement son origine dans les chaussures que vous portez lors de vos déplacements dans votre appartement, de jour comme de nuit, et parfois jusqu'à l'aube.

Oui, cela fera bientôt trois mois que vos chaussures à talons ont surgi dans ma vie. Je ne sais pas si vous en avez une paire, une douzaine ou cent, j'ignore si elles sont noires, rouges ou bleues, j'ignore également si vous chaussez du 35 ou du 40. Mais je vous assure que je connais très bien le son qu'elles produisent en claquant contre le plancher, à tel point que si je les entendais carillonner dans un endroit lointain, comme un cimetière de Vienne ou un hôpital de Birmanie, je les identifierais sans hésiter.

Au nom de la cohabitation, de la tranquillité de l'immeuble et tout particulièrement de la mienne, je vous demande d'utiliser dorénavant des baskets, des pantoufles, des claquettes ou n'importe quel type de chaussure pourvu d'une semelle de caoutchouc, feutre, plastique ou autre matériau souple, afin d'éviter ce carillonnement gênant qui envahit mon silence depuis que vos talons sont arrivés dans ma vie.

Merci de votre compréhension.

Veuillez recevoir mes cordiales salutations.

La voisine du 502

PS 1 : Si vous optez pour les pantoufles en feutre, je vous recommande la marque Termitas, je vous assure que nous en bénéficierons toutes les deux, vous en confort et moi en tranquillité.

PS 2 : Le vacarme de l'autre nuit m'a paru abusif, permettez-moi de vous le dire.

6

Je rêve que j'entre dans une autre maison, pas la mienne où je me suis couchée pour dormir, mais un lieu blanc et lumineux, minimaliste ; je traverse les pièces claires et élégantes, je m'arrête et j'écoute, je continue, marche comme un chat, remonte un couloir jusqu'à une porte entrouverte, me place devant le rai de lumière et regarde à l'intérieur.

Debout, les mains inertes, je comprends que je suis endormie, ma respiration s'essouffle, mes paumes, ma nuque, mon front transpirent. Je suis debout devant une pièce et je veux ouvrir cette porte, je veux la pousser, l'entrouvrir d'à peine quelques centimètres pour voir. Pourtant, je n'y parviens pas et le rêve se déroule ainsi jusqu'à ce que je me réveille et m'assoie au bord du lit. Cette fois, je sais que je suis éveillée parce que j'ai mal à la tête comme lorsque j'émerge de mes cauchemars. Je me sens un peu droguée, j'essaie de me rappeler si j'ai pris mon somnifère, de me relever. Je ne coordonne pas bien les mouvements, la tête me tourne et je retombe sur le matelas.

J'ignore quelle heure il est, je ne vois pas les lignes de lumière entre les baguettes de la persienne, il peut être deux heures du matin ou l'aube. Je redoute les nuits de veille, l'insomnie m'inquiète.

Au loin une sirène résonne, une ambulance ou la police. Elle vient par là, peut-être dans ma rue, dans mon pâté de maison. C'est le son de la maladie, de la prison, de la mort.

L'image des rêves revient, la maison blanche dans le silence, ce couloir, cette fois je me vois cachée, aperçois Mirta qui marche sur la pointe des pieds jusqu'à la porte du fond, celle qui relie la cuisine au jardin, elle déconnecte l'alarme activée à l'heure de la sieste depuis que des voleurs sont entrés il y a quelques mois. Elle tape le code, ouvre sans bruit et Ricardo, qui entre en respectant le pacte de silence, est là.

Je sors la tête depuis ma cachette, je les vois, ils s'embrassent, se touchent, Ricardo ouvre son chemisier, son autre main soulève sa jupe et lui caresse les fesses, Mirta glisse sa main sur la masse du pénis que je vois grossir, ils halètent en silence parce que de l'autre côté de la maison Irene fait la sieste, comme tous les après-midi. La chambre est à l'écart mais ils doivent se montrer discrets, la maîtresse de maison a le sommeil léger et il lui est arrivé de descendre avant l'heure, Ricardo a dû se cacher et Mirta rectifier sa tenue en vitesse. Je sais, je les ai vus. Il sort un sachet, en extrait de la poudre avec le doigt, inhale puis suce le reste. Il rit sans un son, montre les dents, la regarde dans les yeux ; depuis le couloir sombre, derrière une porte, je vois se poursuivre le jeu érotique ; la chambre de Mirta est à quelques mètres de la cuisine qu'ils traversent sans se lâcher, les langues, les doigts sans repos, ils entrent dans la chambre et elle referme la porte mais pas complètement, comme toujours, afin d'écouter le moindre bruit susceptible de provenir de la chambre de tante Irene. Je m'approche lentement, je pousse légèrement la porte et la fente s'ouvre de quelques millimètres supplémentaires, me laisse voir ce qui se passe à l'intérieur. Ricardo ôte son pantalon et déjà il est sur le lit, elle baisse lentement sa jupe, se dirige vers lui et le chevauche tout en finissant de déboutonner son chemisier dans un lent strip-tease. Il lui saisit brutalement les seins, les sort du soutien-gorge, presse les mamelons, l'oblige à les offrir à sa bouche, les mord jusqu'à la faire grimacer de douleur ; Mirta bouge et reste sur son pénis, tourne, vire, entre elle et le pénis il n'y a qu'un tanga, un tout petit morceau de tissu qu'elle fait glisser d'un mouvement avant de se laisser pénétrer.

Ils copulent et je halète avec eux, en silence, collée à la fente de la porte de la maison de ma tante, comme je halète maintenant allongée sur le dos dans mon lit.

Ils se séparent, restent allongés sur le dos, le temps passe et je suis sur le sol, dans l'expectative de chaque son. Ricardo sort de sa léthargie, je l'entends bouger, je regarde, il l'approche de nouveau, la prend par les fesses et elle se retourne, obéissante, appuie le dos contre la poitrine de Ricardo, s'appuie sur ses mains, dresse son postérieur et se frotte contre son pénis, il la pousse sur le lit et elle tombe sur le ventre, essoufflée, Mirta soulève de nouveau ses fesses, il lui saisit les seins, d'une main il déplace la ligne de tissu et la pénètre brutalement.

Ils copulent. Je halète avec eux.

Allongée sur mon lit et traquée par l'insomnie, je m'interroge de nouveau sur ce que je me rappelle de la réalité et des rêves. Dans la maison blanche, Mirta ferme les yeux un instant, à peine quelques minutes comme à son habitude, et elle s'endort immédiatement. Je l'entends, une respiration forte ou un léger ronflement.

Ricardo consulte sa montre, se lève, et part généralement tout de suite. Il se rhabille à la hâte, sort de nouveau le sachet de sa poche, y prend un peu de poudre avec le doigt et l'introduit dans ses fosses nasales palpitantes, une fois, deux fois, trois. Il voit le tiroir de la table de nuit ouvert, quelque chose brille à l'intérieur, il s'approche, s'en saisit ; il s'agit du revolver qu'a acheté Irene après l'intrusion il y a quelques mois. Il le prend à deux mains, le retourne, je le vois tâtonner sur le percuteur et sentir la force, le poids et le pouvoir ; il met en joue Mirta qui dort toujours, la vise à la tête et rit tout haut, mais elle ne se réveille pas. L'arme entre les mains, il fléchit les genoux et tourne à cent quatre-vingts degrés. *Panpanpan*, crie-t-il. Il souffle sur la pointe du canon et se met à rire. *Panpanpan,* il répète la scène, puis il pose l'arme sur la table, l'abandonne et ressort le sachet, inhale ce qu'il en reste puis roule le papier en boule avant de le jeter par terre. Il regarde l'heure, la porte. Le revolver reste oublié sur la table de nuit. Je me déplace en silence, je me cache dans les toilettes.

Il quitte la pièce, il ne marche plus sur la pointe des pieds. J'attends que la porte claque comme d'habitude, puis je m'engage dans le couloir, entre sur la pointe des pieds dans la chambre de Mirta, prends un mouchoir dans ma poche et prends le revolver avec soin, sans le toucher. Mirta ronfle très fort, et je sais ce que je vais faire. Je vais me diriger vers la chambre d'Irene et ouvrir la porte. Je la verrai dormir dans ses draps blancs, je respirerai le lys et le musc blanc, je ressentirai le plaisir d'être la maîtresse de sa vulnérabilité et une larme contournera ma joue, un souvenir tendre me hérissera la peau, je la regarderai faire la sieste sans méfiance, et je saurai que tous ces instants vont se perdre dans le temps comme des larmes sous la pluie. Je me dis avec tristesse que c'est l'heure de mourir. Et je me mets en marche.

Là, le rêve devient intense, je suis submergée par des sensations profondes, des émotions qui me perturbent, pourtant au réveil j'éprouve une tranquillité que j'ai rarement connue à l'état de veille.

TROISIÈME JOUR

1

Je presse la sonnette dissimulée dans le mur situé du côté de la très haute grille, une caméra se tourne vers moi et transmet mon image allez savoir où, la barrière métallique coulisse de droite à gauche, découvre le parfait chemin en gravier, les arbres touffus, la maison blanche, énorme, l'étang devant avec ses carpes japonaises. Je me demande, j'essaie de me le rappeler, si mes collants sont propres, je vérifie dans le rétroviseur si mes dents, mes cheveux, sont nets, je mets rapidement du gloss sur mes lèvres. Je passe en première et m'engage sur le chemin de pins jumeaux parfaitement symétriques, exacts, et je m'interroge une fois encore sur ce qui a poussé Luz à abandonner ses études d'agronomie : son jardin est le résultat d'un talent gâché. Je me gare devant le perron et gravis une à une les marches blanches, je pousse la porte, qui est toujours ouverte.

L'argent coule à flots dans la maison de Luz, il coule et s'arrête sur un tableau accroché à un mur, émerge du plafond sous la forme de spots orientés avec art et style, jaillit du sol dans la laine d'un tapis, coule et passe partout. Il procure de multiples maisons et lieux différents ; grâce à lui, du jardin on aperçoit une perspective en foulant le sol en aubier du séjour, qui change de nouveau quand on gravit le vaste escalier à la ligne impressionnante. Les escaliers volumineux et ostentatoires sont l'un des moyens habituels de l'argent de se manifester dans un logement, mais il y en a d'autres, beaucoup d'autres : bois nobles, design exclusif, objets du quotidien reflétant l'art ou le luxe, voire les deux.

— Úrsula, je suis si contente.

Luz s'approche dans une étreinte étroite, oubliée, qui m'éloigne des reproches et possède la magie d'enterrer les malentendus au loin. Mon amour pour ma sœur est un sortilège qui a survécu à un passé turbulent, incroyablement lointain.

Nous traversons la maison, gagnons un côté du jardin, un barbecue géant où son mari prépare la viande sur le grill. Mon beau-frère vient à ma rencontre en tendant les mains, prend les miennes, m'embrasse sur la joue et fait un commentaire aimable sur ma personne ou ma tenue. La chevelure poivre et sel et touffue, il est habillé comme le directeur d'une entreprise en week-end, ce qui est le cas, il possède la sienne en propre. Tout en lui paraît sortir d'une publicité sur papier glacé pour la belle vie, une assurance-vie à plusieurs millions, une voiture de luxe, un quartier résidentiel.

— Qu'est-ce que tu veux boire, Úrsula ?

— Vin, whisky, comme vous.

— Ta sœur a pris de l'eau plate.

— Tout sauf de l'eau plate.

Je le regarde me préparer une boisson comme la sienne, assombrie par le bitter qu'il complète avec des glaçons et une rondelle d'orange. Il me tend un verre, avec un sourire étincelant, manches de chemise relevées sur une montre en or et bras bronzés sous une autre latitude.

— *Voilà !*

— *Merci, Monsieur.*

Nous trinquons, puis avec Luz, qui approche son verre d'eau pour fêter la rencontre.

— À nous, dit Daniel, et il trinque avec Luz.

— À tous, répond ma sœur.

L'alcool descend dans ma gorge et se répand, coule dans mes veines, se mêle à mon sang. Encore une gorgée et je regarde autour de moi.

Ce doit être fantastique d'être eux, incroyable d'être ma sœur, son mari, de posséder cette maison, de nager nue dans cette piscine. Je veux être eux, être une lumière sans ombres, je veux un escalier design et des roses. Je bois encore un peu et le temps passe.

Mon beau-frère parle d'art, de politique, d'une voix condescendante, la voix d'une personne qui peut dire ce qu'elle veut, une de ces voix qui peuvent nous dire des choses désagréables pour notre bien. Je l'écoute sans contribuer à son discours. Ma sœur ne participe pas et ne semble pas écouter un mot. Après deux whiskies, il parle du travail, de l'effort, du sacrifice – son travail, son effort et son sacrifice –, mais je comprends qu'il parle du succès, le sien, bien entendu. Il fait de longues pauses entre les phrases, des silences qui flottent dans une odeur de grillade. Puis il prononce une autre phrase, une phrase ordinaire, lentement, dont il savoure chaque mot.

Je cesse de l'écouter et promène mon regard, que je laisse vagabonder. Les muscles du visage de Luz s'affaissent sous l'ennui, ses paupières masquent le manque d'intérêt ou voilent l'aversion, je ne sais pas. Encore une gorgée, et je pense : Luz et moi sommes nées des mêmes parents, nous avons été élevées de la même façon, à quel moment le sort l'a-t-il choisie, pourquoi elle ? Je me délecte, l'espace d'une seconde je me délecte devant l'ennui qui ferme à demi les yeux de ma sœur, et je bois en silence, je jouis de ce misérable triomphe que m'offre la vie.

Daniel parle et sa voix résonne, comme toujours, de façon offensivement sympathique ; d'ici un quart d'heure, il aura le même sourire faux, tout comme dans une demi-heure et une heure, tout est très prévisible, comme une visite familiale. Il me sert un deuxième verre que je savoure, intensément, laissant libre cours aux pensées qui sautent du barbecue construit dans des matières nobles au parc et à ses arbres au feuillage touffu, parfaits, on n'a pas le droit de vivre dans une maison pareille et de l'exposer sans pudeur, on n'en a pas le droit, je savoure ma gorgée, ceux de l'extérieur nous nous sentons écrasés, exclus. Ceux de l'extérieur, c'est nous tous, sauf Luz. Daniel parle toujours – seul ? –, donne des leçons au monde, pontifie sur des sujets importants que j'ignore, rit parfois, remplit son verre, trinque à plusieurs reprises. Je pose mon verre, qu'il tente de remplir. Je l'arrête, je ne veux plus rien boire.

Ma sœur est toujours là, assise, une cigarette à la main, très proche et absente, qui sait où elle se trouve en ce moment, c'est peut-être là sa version de la liberté : être mais ne pas être.

Alors il ne reste que moi, seule spectatrice, invitée otage, public captif d'un spectacle que je n'ai pas demandé, et le repas devra être excellent pour justifier ma présence dans cette pagaille. L'alcool et l'odeur de viande grillée commencent à se diluer dans l'ennui.

— Comment vont tes roses ? On va les voir ?

Elle me regarde un peu surprise, sourit, écrase ce qu'il reste de la cigarette et boit une gorgée d'eau, se lève.

— Viens, je vais te montrer.

— L'exposition, c'est quand ?

— Jeudi, je pars après-demain.

— Où ? J'ai oublié.

— À La Paz.

— Aujourd'hui, tu ne sens pas l'orange amère et le vétiver, aujourd'hui je crois que ce sont des fleurs blanches et du gingembre.

— Oui, des fleurs blanches. J'ai regardé le flacon au cas où tu poserais la question. Je ne me souviens pas du gingembre.

Je l'écoute, je la suis sans me retourner vers son mari, qui a dû rester avec un toast en suspens ou une phrase à demi formulée ; je la suis sur le sentier en gravier qui serpente entre pins, massifs de fleurs et pièces d'eau, et je songe que son jardin est très grand et beau, un lieu où l'on imagine pouvoir être heureux rien qu'avec ça, la pure contemplation de la verdure. Pourquoi elle, pourquoi ? Les hirondelles font des acrobaties sur un ciel doré, même le ciel est plus beau chez Luz.

Nous parvenons à la partie la plus éloignée, un bâtiment en verre et en fer, une serre où poussent des plantes tropicales, et, au dehors des plates-bandes aux variétés de roses les plus délicates.

Nous nous arrêtons à l'extérieur, nous immobilisons devant la porte en verre et nous regardons, non face à face ou en face ; nous nous regardons à travers la vitre, d'abord comme si c'était fortuit, puis avec curiosité, ensuite fixement.

Luz et moi nous regardons dans les yeux pour la première fois depuis longtemps, à travers un reflet.

2

On recherche un célèbre entrepreneur de la capitale, Santiago Losada, vu pour la dernière fois par le personnel de son domicile au volant de son véhicule en partance pour l'aéroport, où il devait prendre l'avion à destination d'El Alto, La Paz, en Bolivie. Hier matin très tôt, à l'intersection des rues Basilea et Blanes Viale, à Carrasco, la Mercedes Benz immatriculée à Montevideo, appartenant au disparu, a été retrouvée abandonnée. Des voisins, alarmés par l'insécurité qui règne en ville, ont prévenu la police de secteur la plus proche. Les forces de l'ordre se sont rendues sur les lieux afin de vérifier que le véhicule était bien abandonné portes non verrouillées, ce qui pourrait laisser présager un enlèvement du conducteur. Aucune trace de violence n'a été retrouvée, ni les effets personnels du disparu, qui n'a jamais embarqué pour la capitale transandine.

3

J'ai toujours été traductrice ; il m'arrive aussi de travailler pour Lucinda.

Aujourd'hui nous avons un enregistrement. Après le barbecue avec Luz et Daniel, je me dépêche pour arriver à temps, prendre une douche, la camionnette passe à dix-sept heures, je dois être prête et habillée pour la télévision, un petit tailleur bleu ciel censé me donner un air de dame de la classe moyenne, conservatrice et pratiquante.

Habituellement, un minibus vient me chercher, me fait monter à bord avec une quinzaine ou une vingtaine de personnes et nous conduit à la chaîne. Lucinda se charge du recrutement, des transferts, des paiements, nous envoie un résumé du sujet à traiter, définit nos rôles dans le programme *Et à la maison, comment ça va ?* où nous sommes des figurants et où d'autres font juste la claque.

Le jour ensoleillé est devenu gris et la pluie menace, aujourd'hui ça ne me dérange pas de passer trois heures pour me rendre sur place, attendre, enregistrer et rentrer chez moi. Je monte dans le véhicule et je m'assieds seule près d'une vitre.

Encore quatre arrêts avant d'arriver en périphérie, là où se trouve le studio d'enregistrement.

Et à la maison, comment ça va ? est l'une de ces émissions qui montrent des familles ordinaires, des couples mariés avec des enfants jeunes, le père est peut-être agent administratif et elle institutrice, ils aiment la vie tranquille, sont en train d'acheter une petite maison en banlieue, et c'est alors qu'on découvre qu'il la trompe avec sa sœur – celle de son épouse, bien sûr – depuis l'époque où ils étaient fiancés. La femme, tout d'abord surprise, se met en colère, pleure et se lève, tape un peu sur son mari, on les sépare, puis Liliana, l'animatrice, fera venir sur le plateau rien moins que la sœur en question. Encore des surprises, de la fureur, des coups. Parfois, Juan Ignacio doit intervenir, c'est un grand garçon aux lèvres épaisses, au T-shirt remonté sur ses biceps, qui se chargera de séparer les belligérants. Tel est le schéma du conducteur, la variante pouvant être que le mari a une relation avec le cousin de sa femme, qu'un père a détourné des fonds dans l'entreprise de ses propres enfants, ou que la grand-mère est une star de films pornos avec des femmes mûres. Les familles arrivent sur le plateau, un cercle d'environ dix ou douze mètres de diamètre avec des chaises disposées autour, et portent l'innocence et la confusion sur le visage, un air de ne pas savoir ce qu'elles font ni pourquoi elles sont là. Un peu plus tard et après avoir revu leur vie quotidienne devant la caméra, des films de maman emmenant les enfants à l'école, de l'oncle au travail dans sa boulangerie ou de la grand-mère préparant une tarte aux pommes pour ses petits-enfants, Liliana se charge d'ôter le voile : cette dame qui met un strudel au four pour ses petits-enfants a le cul le plus célèbre des pages XXX. La caméra fait alors la mise au point sur une revue où la grand-mère pose nue avec un énorme pénis dans l'anus – le pénis et toute la zone concernée sont estompés par une sorte de nuage rosé parce qu'il s'agit d'un programme diffusé à une heure de grande écoute –, et il n'y a pas de confusion possible car le visage de la femme, soit dit en passant, reflète un immense plaisir. Quand il n'y a plus aucun doute sur l'identité du cul, la caméra zoome sur le visage de sa petite-fille qui, les yeux révulsés, s'exclamera « Mon Dieu, mon Dieu », et peut-être, très certainement, s'évanouira. Parfois d'autres petits-enfants de la grand-mère au cul célèbre arrivent, tous de lieux particulièrement lointains, afin d'avoir la primeur de l'affaire. À la fin, on conduit sur le plateau la grand-mère elle-même qui, entre deux strudels, tourne dans du porno dur, on la fait asseoir à la place d'honneur, à côté de Liliana, qui lui demandera comment elle en est venue à la pornographie, si elle aime son travail et comment elle fait pour avoir ce cul à soixante-treize ans. Ses petits-enfants vont crier, l'insulter, et même celle qui s'est évanouie va ressusciter pour l'insulter, peut-être une autre va-t-elle vouloir l'attraper par le chignon et la secouer, ou son fils aîné va en venir aux poings avec le cadet – il y a toujours de bonnes raisons – ou simplement tous ces gens qui crient et frappent sur le plateau vont humilier la présentatrice ; alors Juan Ignacio va arriver, imposer l'ordre nécessaire pour se faire entendre.

Le bus s'arrête, Pablo, Jesús et Andrea montent, ensuite nous prendrons le boulevard Artigas et la Ruta 1 jusqu'au studio d'enregistrement. Il fait chaud, les vitres ruissellent d'humidité. J'ôte mon manteau et je remonte mon chemisier en soie blanche sous la veste bleu ciel de dame bourgeoise. Susana, deux sièges devant moi, se maquille et se coiffe devant un petit miroir accroché au dossier du siège de devant. J'arrive déjà maquillée, un peu de blush, un trait léger et imperceptible sous les yeux, et je retouche ma coiffure avant de commencer l'enregistrement.

Liliana conduit habilement le programme : si quelqu'un crie trop fort, elle le fait taire, s'il pleure, elle le console, s'il est impressionné, elle le calme, et s'il n'accuse pas le coup ou reste indifférent, elle lui assène une autre nouvelle un peu plus forte. Le pire qui puisse arriver à *Et à la maison, comment ça va ?* est qu'il n'arrive rien à chaque minute, aussi, si l'atmosphère est calme, Liliana doit fournir un élément nouveau qui déclenche le chaos, et s'il y a une bataille rangée sur le plateau, elle doit calmer le jeu. Le seul élément constant doit être le changement, le leitmotiv de ce programme.

La claque et les figurants sont presque aussi importants que les familles qui participent avec leurs drames ; la claque applaudit, hue, crie, reprend en chœur des noms ou des adjectifs ; nous, les figurants, nous levons la main et donnons notre avis, des conseils, participations sagement administrées par Lucinda, destinées à alléger n'importe quelle situation. Nos rôles sont assignés par notre employeur ; moi, je suis une maîtresse de maison qui condamne systématiquement toute transgression des bonnes habitudes. Toujours discrète, toujours réservée, la dame que je joue réitère à chaque émission sa défense, délicate et ferme, de l'institution familiale.

Nous arrivons et nous nous préparons à descendre du bus.

La production nous remet le conducteur de la journée, une feuille où est imprimé un résumé du conflit qui va être exposé. Nous devons le lire afin de définir nos interventions. Lucinda me dit qu'elle compte sur une bonne participation de ma part sur ce sujet.

Je lis : « Gustavo et Camila sont mariés depuis dix ans, ils ont deux enfants de six et trois ans, deux labradors, sont fleuristes à leur compte et adorent passer leurs vacances sur une plage peu fréquentée. Gustavo s'intéresse depuis peu au voyeurisme, il a commencé à se renseigner sur Internet, et il a échangé avec quelques personnes qui adhèrent à cette pratique. Pour devenir un voyeur, dit-il, il faut avoir une connaissance précise des limites et des conséquences. Il dit également qu'aujourd'hui son désir d'expérimenter cette forme de sexualité et de la partager avec son épouse est clair, il a même des contacts avec des couples qui veulent être observés et observer à leur tour. Le problème de Gustavo est qu'il n'ose pas en parler à Camila, une femme qui pratique le sexe de façon très conventionnelle. Dans l'émission d'aujourd'hui, il expliquera à sa femme ce qu'est le voyeurisme, il lui parlera de son intérêt pour le sujet et lui avouera son envie de l'expérimenter avec elle, comment, et avec qui. Il y aura plusieurs couples d'invités, pour et contre cette pratique. »

Comme toujours, le temps presse, il faut retoucher les coiffures et passer sur les gradins qui entourent le plateau. Lucinda me fait asseoir au premier rang avec des instructions précises : je dois prendre l'air renfrogné, dénoncer le mouvement comme contraire à la bonne morale, s'il reste du temps, on me passera le micro et je ferai mon intervention.

Un, deux, trois, ça tourne.

— Bieeeeeenvenue. *Et à la maison, comme ça va ?* lâche immédiatement la voix de Liliana.

Nous applaudissons. Les plus jeunes crient ou huent.

Un homme et une femme d'âge indéfini arrivent, elle a des cernes et des dents irrégulières, regarde la caméra avec cet air de je-n'y-comprends-rien que je connais si bien, lui est obèse et transpire abondamment malgré le maquillage. Nouveaux applaudissements.

Liliana les présente, parle de leur métier, de leurs vies. On les voit filmés chez eux, manger dans la cuisine, regarder la télévision, parler devant l'école avec leurs enfants. Une famille normale, comme toutes les autres jusqu'à ce qu'on découvre ce qu'on découvre. Je me laisse distraire, en retrait, et quand je prête de nouveau attention, je vois l'horreur se dessiner sur le visage de Camila – à coups de pinceau un peu exagérés, bien sûr –, tandis que j'entends Gustavo proposer ce qu'il lui propose. À la hâte, je dois composer mon propre visage horrifié, ma réaction scandalisée. Je le fais, je suis horrifiée. Camila crie : *Jamais, n'y pense même pas !* et j'applaudis, j'applaudis debout. *Bravo, Camila, restez ferme ! Quelle indécence !* Je regarde Lucinda, qui lève le pouce et me sourit, je me rassieds.

Liliana occupe un tabouret haut qui domine deux rangées de sièges, variables selon le nombre d'invités. Sur un côté, les bras croisés, se trouve Juan Ignacio, Monsieur Muscle, une armoire de deux mètres de large gonflée aux anabolisants qui n'a pas plus de vingt ans. En face d'eux, nous, les marches, la claque et les figurants pour égayer l'atmosphère.

Je fais mon travail du mieux possible, j'ai composé un personnage, je l'ai poli, y ai ajouté des façons de bouger, des coiffures et des tics au cours de ces deux ans et, bien que je ne me sois jamais vue – cette émission est enregistrée à Montevideo, mais elle n'est diffusée qu'à Miami –, je sais que mon jeu s'est amélioré.

La discussion entre Gustavo et Camila a cessé, c'est le moment de faire entrer un couple de voyeurs que Liliana présente comme Ana et Guillermo. La première à exposer ses préférences sexuelles est la femme, interrompue au bout de quelques minutes par Camila, qui crie maintenant comme une malade. N'est-il pas un peu tôt pour ça ? Les jeunes du parterre crient *Saaalooope à* la femme, *Dégénééééérééé* à l'homme. Je profite du vacarme pour crier à mon tour *Pervers, quelle honte, quel scandale, bon dieu*. La caméra numéro trois me filme pendant que je crie et gesticule, agite les bras, plisse les lèvres, regarde Lucinda qui me regarde fixement, agite les mains en faisant des ciseaux pour me dire d'arrêter. Je m'assieds. Le type parle, Gustavo est sympathique et s'exprime bien, le manipulateur typique qui abuse de la faiblesse de ceux qui se laissent faire. Il se croit très malin, pense qu'il sait tout, mais je ne marche pas. Je m'arrête de nouveau, je sens que je transpire. *Fils de pute*, dis-je tout bas, tu ne vas pas t'en tirer comme ça, *pour qui tu te prends, dégénéré ?* Mon poing se crispe. *Ne le laisse pas faire, Camila, c'est un pauvre type*, je sens mon chemisier blanc me coller au corps, la sueur me couler dans le dos, je gesticule, m'entends crier *Sale dégénéré, je sais que tu es un manipulateur de merde, tu abuses de cette pauvre femme, espèce de salaud*. Je vois Lucinda qui me regarde, les yeux ronds, qui se lève, *Arrête, arrête,* fait des signes, ses bras tournent comme les ailes d'un moulin. Je m'assieds.

Maintenant quelques femmes de Famille, Décence et Ordre arrivent, je sais ce qu'elles vont dire et quand applaudir, mais je me sens fatiguée, je n'ai pas envie de reprendre mon rôle, je suis en sueur, mon chemisier est dans un triste état, je reste assise et je divague, je pense à n'importe quoi, m'égare. Lorsque j'atterris de nouveau sur le plateau, je ne sais plus de quoi ils parlent et je n'ai pas envie de continuer l'émission. La présentatrice répond à un appel téléphonique en direct, un téléspectateur présumé veut se ranger du côté d'Ana et Guillermo et ajouter des arguments de son cru en faveur du voyeurisme. Quelle fatigue, je m'évade de nouveau, je veux partir, prendre une douche. J'ai peut-être mal réagi au barbecue ou aux saucisses. Plus que quelques minutes d'enregistrement.

Mon esprit revient au studio, maintenant ils s'insultent, se lèvent, se bousculent. Camila gifle Ana, qui la saisit par les cheveux. Juan Ignacio, Monsieur Muscle, s'approche les mains sur les hanches comme pour les séparer même s'il ne fait pas grand-chose et il me semble même qu'il les monte l'une contre l'autre. J'ai vu de sacrées batailles dans cette émission, certaines vous font douter de leur réalité, mais là, ce n'est pas le cas. Aujourd'hui, notre programme n'est pas amusant, tout est très prévisible, comme un bal bien huilé où tout le monde tourne sans encombre ni gloire.

Après l'enregistrement, Lucinda se tourne vers moi, je sais qu'elle va me faire des reproches.

— Ça ne va pas, Úrsula ? Tu as vrillé, tu t'es mise à lancer des insultes comme une démente. Qui t'a dit que tu devais jouer les folles vulgaires ?

S'ensuivent des plaintes, des récriminations amères. Cela n'était-il pas censé être réel ?

Je ne lui réponds pas, elle sort l'argent, me paie sans me regarder, en pinçant les lèvres. Elle fait demi-tour et part sans dire au revoir.

Au revoir, Lucinda, va mourir.

Nous regagnons la rue et je vois les voyeurs et les femmes de Famille, Décence et Ordre repartir dans le même véhicule.

4

Une femme prend un couteau effilé entre les doigts, le retourne, l'observe. Elle en teste le tranchant, l'évalue avec un soin d'experte, appuie légèrement du bout du doigt, puis vérifie la pointe. Elle examine la lame des deux côtés, cherche peut-être des taches révélatrices. Puis elle enfile des gants blancs en caoutchouc, chirurgicaux, soigneusement, ajuste les doigts et reprend le couteau. Sur son visage se dessine un rictus de plaisir. Quelqu'un qui l'épierait de la fenêtre, qui la surprendrait en train d'analyser le pouvoir d'une arme blanche avec cette expression concentrée, connaisseuse, qui verrait sur son visage ce sourire de satisfaction, la grimace de plaisir devant le couteau, serait en droit de se demander si cette femme ne va pas commettre un assassinat.

Non, elle ne tuera personne. C'est la grosse qui prépare son décor en cuisine ; entourée de légumes et de casseroles, elle se prépare à peler, émonder, découper, piquer pour finalement mettre les légumes à bouillir.

C'est moi, à vingt-trois heures, sur le point de préparer la soupe de mon nouveau régime.

« Le régime à base de soupe présente l'avantage de nous aider à perdre quelques kilos en peu de temps et de favoriser le nettoyage de l'organisme tout entier. Comme son nom l'indique, il repose sur une soupe élaborée à partir de différents légumes. En quoi la préparation consiste-t-elle, et pourquoi des légumes ? Ce régime a été conçu dans un hôpital aux États-Unis pour des malades affectés de pathologies cardiaques résultant du surpoids, des gens qui ont besoin de perdre des kilos avant de se soumettre à une opération. Les légumes nettoient l'organisme, apportent les minéraux nécessaires et très peu de calories. On doit le suivre pendant sept jours seulement afin de perdre de 4, 5 à 7 kilos. Simultanément, il faut supprimer l'alcool, les farines et leurs dérivés, les pâtisseries et les boissons gazeuses. »

Il me faut des carottes.

Du chou.

Des courgettes.

Des courges.

J'adore faire ces listes, j'en fais toujours. Ça me donne l'impression d'être une personne différente, ordonnée, de celles qui rendent les livres à temps et n'oublient jamais de payer les factures, qui mettent des sous-vêtements propres chaque matin.

Des épinards, j'ai.

Potiron et potimarron, présents.

Poivrons verts.

Poivrons rouges, j'ai.

Jaunes, je n'ai pas.

Ça y est. Quelle autre liste est-ce que je peux faire, maintenant ? Les travaux, les tâches de la semaine.

Commencer un nouveau régime.

Maigrir !

Traduire le poète haïtien.

Nettoyer les statuettes.

Appeler Luz.

Ne pas devenir folle.

Acheter des légumes, des légumes, des légumes.

Acheter n'importe quel légume.

Aller chez le coiffeur.

Envoyer une nouvelle lettre à la voisine.

Plus de légumes.

Voyons, beaucoup de légumes différents, beaucoup. Celui-ci, celui-ci et celui-là. Tous disposés et prêts à être cuisinés. Dans la marmite, dix litres d'eau à faire bouillir, d'après la recette. Mais je n'ai pas de marmite de dix litres, une personne seule ne peut pas en avoir. Ces marmites sont destinées à nourrir les membres d'une caserne, d'un collège ou d'une prison. Ou d'une clinique pour maigrir.

Je m'en souviens. La première chose que j'ai faite quand j'ai touché l'héritage de tante Irene : je me suis rendue dans une clinique super luxueuse à Buenos Aires où je suis restée un mois.

Si je n'ai pas de marmite de dix litres, je divise le tout et le mets dans deux de cinq litres. J'ai ça ?

Oui, un mois entier, et j'ai perdu du poids, beaucoup de poids, combien ? Environ dix kilos, je crois. Oui, cette fois-là, j'ai perdu environ dix kilos, j'en suis sortie jolie, ça en valait la peine, l'argent et les efforts investis, le sacrifice consistant à manger comme un moineau et à dépenser une fortune. Après, ce n'était plus pareil, j'ai effectué de très nombreux séjours mais je ne maigrissais plus autant, à peine trois ou quatre kilos à chaque fois, puis l'argent de tante Irene fut épuisé. Pauvre, chère tante Irene, qu'elle repose en paix.

Ça y est, je pose les récipients sur le feu, il faut laisser bouillir jusqu'à obtention d'un bouillon épais et rempli de nutriments, qui agira rapidement et décollera le pain de graisse qui entoure mon corps, qui s'ouvrira comme une chemise que l'on déboutonne et ôte en une seconde. Et *voilà* !

Mon corps émergera du manteau adipeux, beau et mince comme il l'est. Ou fut. Fut ?

Tac.

Tac.

Quelle emmerdeuse, encore le bruit des talons de la locataire du dessus, qui résonnent sur le parquet, traversent le bois et s'incrustent dans mon cerveau.

Tac.

Tac.

Les chaussures vont d'un côté à l'autre de la pièce, s'empressent, courent presque. Frappent, frappent, perforent mes tympans, irritent mon ouïe. Que font des talons à se promener à cette heure de la nuit ? Qu'elle aille se faire foutre, demain je veillerai à ce qu'elle ne tape plus au-dessus de ma tête avec ses talons.

Tandis que ma soupe bout à feu doux, je songe qu'il y a longtemps que je n'ai pas nettoyé la collection de statuettes japonaises de papa, mes trois cent vingt-deux Japonais en ivoire, pierre, porcelaine ou bois qui représentent des empereurs, des paysans, des femmes de la société, des chiens et lapins, des guerriers et des monstres, sur lesquels il faut passer le pinceau et la brosse, le goupillon, la flanelle, l'eau tiède, le lait, le savon neutre, le bicarbonate, qu'il faut sécher avec du coton, de la peau de chamois, frotter avec de la laine. J'ouvre une porte aux vitres biseautées, saisis du bout des doigts la tête d'une princesse, caresse son visage du bout du doigt. Elle est recouverte d'une très fine couche de poussière, à peine une ombre sur laquelle je souffle légèrement pour ne pas perturber son sommeil à ces heures tardives. Je nettoie presque toujours la collection les dimanches de pluie, mais il y a quelques mois déjà que nous n'en avons pas eu et je ne peux attendre plus longtemps, je vais devoir m'y coller très vite et n'importe quel jour de la semaine. Luz me conseille de la vendre et de faire un voyage ou de changer de voiture, de me débarrasser de ce travail, elle ne comprend pas que j'aime nettoyer, polir, brosser et lustrer, que j'aime ce petit monde fantastique d'êtres et d'animaux de légende. Le guerrier à cheval me regarde depuis la troisième étagère, je le prends dans la paume de ma main, le berce, lui donne un baiser avant de le remettre à sa place.

La voisine, qui était restée tranquille quelques instants, recommence à tambouriner avec ses talons juste sur mon cortex cérébral.

Tac.

Tac.

Je dois le signaler à la copropriété, ouvrir un dossier pour des bruits gênants auprès de la municipalité, porter plainte à la police. Je dois appeler un avocat.

Le téléphone sonne. À presque minuit ? Dans cette maison, il ne sonne presque jamais. Encore moins à l'heure des vampires. Je le regarde, comme on regarde un insecte, un cafard, une araignée descendue du plafond et qui s'est posée sur le lit, juste sur l'oreiller.

— Bonjour.

— Úrsula López ?

La voix est étrange, métallique, déformée. Je suis parcourue d'un frisson qui se mêle à l'odeur de la soupe de légumes.

— Oui.

— Nous tenons votre mari.

Rien ne sort de ma gorge, pas un son. Mon mari ?

Quelle voix étrange.

— Nous tenons Santiago.

— Santiago ?

— Oui, votre mari. Je vous attends dans une demi-heure, bar Los Tejos, à l'angle des rues Dieciocho et Ejido.

Silence à l'autre bout de la ligne.

— Allô ? Attendez...

Clic.

Nouveau silence.

Quel mari ?

5

Je suis folle. Bien sûr, qui peut sortir à cette heure de la nuit, me dis-je en m'habillant. Je ne rentre pas dans ce vêtement et celui-ci ne me plaît pas. Je les jette sur le lit. Je finis toujours par m'habiller en noir ? Je finis toujours par m'habiller en noir, un noir de plus en plus lâche qui suit l'évolution de mes mensurations, dans une tentative de tromper le regard de l'autre et le mien, qui contemple l'image dans la glace, l'ombre sur les murs, le reflet sur les vitres, mon regard qui pèse et mesure les dimensions, évalue les volumes de mon corps, ou des fantasmes que projette mon corps.

Cet appel ne m'était pas destiné à moi, mais à une autre femme. N'est-ce pas une folie que d'y aller ? Bien sûr que si. Je m'habille, me travestis, mets un vêtement sur l'autre, me couvre, me déguise, me dissimule entre les plis et les fronces sombres. Je m'habille, et je disparais.

De toute façon, on remarque que tu es grosse, me dit papa. Non, papa, le noir me va plutôt bien, ce pantalon m'amincit. C'est ce que tu crois, que la couleur va dissimuler ton ventre, moi, je ne vois qu'une grosse en noir. Tais-toi, papa, ne reviens pas là-dessus. Ni sur autre chose, puisque tu es mort.

Je ne sais même plus très bien depuis combien de temps il est mort. Dix ans, douze, non, treize. Le temps passe, et ce ne sont pas des conneries, il passe et nous oublions progressivement même nos êtres chers. Nous nous disputions en permanence pour n'importe quel motif. C'était notre façon de communiquer, la discussion qui masquait la véritable discussion, celle de fond, celle que nous n'affrontions pas, celle que nous évitions. La réprimande déguisée en bataille triviale. Que dirait papa s'il me voyait aujourd'hui ? Que je suis grosse grosse grosse. Que j'ai toujours été insouciante, négligente. Que je suis une loseuse. Oui, papa, malgré ma volonté d'être comme tu voulais, je n'ai pu être que cette grosse contre laquelle tu m'avais tellement mis en garde. Luz, en revanche, redoutant peut-être plus tes injonctions, est là, belle, et mince dans la vie, dans sa maison aux escaliers en marbre, aussi malheureuse que nous.

Le type a fixé le rendez-vous dans un bar du centre dans une heure. Le temps de réfléchir à ce que je vais faire. J'ignore pourquoi j'ai accepté, c'est dangereux, il est très tard, une personne saine d'esprit ne sort pas en pleine nuit à la rencontre d'un inconnu menaçant qui lui parle d'une chose qui ne la concerne pas.

Je finis de m'habiller, j'hésite, j'envisage de rester ; un bain chaud, pyjama en flanelle, crème sur le visage, musique ou film de Quentin Tarantino. Je compte rester, solitude, routine, routine et soupe de légumes.

Je mets un peu de blush et me regarde dans la glace. Une dernière retouche, les yeux, les cheveux, et je sors.

Je ne sais pas pourquoi je prends la voiture pour faire quelques centaines de mètres, peut-être parce que de nuit je n'aime pas traverser la place Independencia, marcher sous ses ombres gigantesques. Je décide de faire passer le temps, descends jusqu'à la Rambla par la rue Ciudadela. On voit encore des gens marcher, ils promènent leur chien. Quelle volonté, mon Dieu, je les envie. Belle soirée, tiède, mais j'ai quand même un pull. Et un spray paralysant acheté la semaine dernière et que j'ai mis dans ma poche avant de sortir. Je le tâte, je le serre, il est là.

L'air de la nuit apporte l'odeur de la mer, une humidité saline due à l'humidité de la plage proche, du port. Je devrais commencer à marcher, courir un peu, tonifier mes muscles. Une femme en mini-short rouge traverse devant moi quand je m'arrête au feu de circulation ; elle a mon âge, je regarde ses jambes, ses fesses menues, sa taille fine ; je tâtonne sur la pédale de l'accélérateur et le moteur rugit puissamment, il suffirait d'appuyer du pied pour la perdre de vue. Il y a un an, j'étais comme ça, je le dis aux gens que je connais. Faux, je n'ai pas été comme ça depuis mes vingt, quinze ou douze ans ? Pourtant, il y a un an, je n'étais pas non plus celle que je suis : plusieurs kilos séparent cette Úrsula de l'autre.

Je remonte la rue Paraguay, prends l'avenue 18 de Julio, qui est déserte, me gare juste devant Los Tejos ; à cette heure il n'y a presque personne dans le centre. Un garçon en gilet fluorescent avec un chiffon à la main s'approche, me salue. Je me gare, détourne le regard et ignore le chantage pour le futur pourboire, mais il est tard et je ne veux pas non plus sortir du bar et me retrouver avec une vitre brisée ou un pneu crevé. Je descends de voiture et lui adresse un salut minimaliste avec le menton.

— Je m'en occupe, madame ?

Je glisse la main dans ma poche, je touche le spray au poivre volatil, le caresse, le serre un peu. Il est froid et résistant. Je pose le doigt sur le capuchon, tâtonne. Je respire profondément, une fois, deux. Le garçon sent l'urine, la sueur, le cannabis, le vin.

— Non.

Je me dirige vers la porte du bar, me retourne et le vois s'appuyer contre un rideau métallique, fumer et sourire au néant, il n'a pas beaucoup de dents. La ville se prépare à passer la nuit.

6

À cette heure, la 18 a quelque chose d'une ligne de démarcation, d'une frontière avec l'irréalité. Des gens qui dorment dehors installent des cartons, montent leurs maisons pour quelques heures, installent leurs chiens. Dans l'espace où de jour il y a une bijouterie de luxe, deux sans-abri s'installent pour dormir entre chiffons et cartons, bouteilles vides, sacs contenant des reliefs de nourriture. Les camions poubelles vident les containers ; d'ici peu, les cafés et restaurants commenceront la routine consistant à mettre les chaises sur les tables afin de faire disparaître les marques et les traces des personnes qui sont passées là au cours de leur train-train quotidien.

Il n'y a pas beaucoup de clients dans le bar, peut-être deux ou trois tables occupées. La voix bizarre n'a pas dit à quoi elle ressemblait, ni comment je la reconnaîtrais. Depuis la porte, je regarde un couple d'adolescents, un groupe de jeunes qui boivent de la bière, plus loin un homme seul. Lui, ce doit être lui. Il ne me regarde pas, il est occupé à lire le journal, il boit sa bière et un filet de bave coule sur sa chemise. Le porc.

Je sens une griffe s'appuyer sur mon épaule, je saute, frémis. Je reste muette et dans l'expectative, et un nuage de mandarine, *orris* et tabac m'envahit.

— Úrsula ?

Ma main tremble sur le spray, je m'y cramponne, il fait chaud, je suffoque, respire avec difficulté, je me suis transformée en pierre tremblante. Je reste un instant dans la raideur, en attente, tendue, de celle qui est couchée et entend un craquement de pas dans sa chambre dans l'obscurité de la nuit.

— Úrsula ?

Je fais l'effort de bouger, contrôle le tremblement, accrochée à mon arme au poivre, parviens à tourner à cent quatre-vingts degrés et je le vois. La voix bizarre est là, en vrai et en direct, je la reconnais même si je l'entends maintenant sans distorsion ni timbre métallique. Je respire de nouveau, le parfum est merveilleux et inconnu de moi. Il est mince, petit et mince. Je me détends, j'oublie le spray, ma main le lâche.

— Allons ailleurs, Úrsula.

Il m'ouvre la porte et me laisse passer, je l'observe de nouveau clouée au sol. Il me pousse légèrement et mon corps quitte sa léthargie, obéit, sort dans la rue. Le type est très mince, d'âge moyen, il doit avoir la quarantaine. Il a une barbichette et une moustache vieillottes, ce qu'on appelait un bouc et que portaient les révolutionnaires des années soixante-dix, mais ils semblent factices, peut-être à cause de la couleur, un peu plus sombre que celle des cheveux. Son costume est trop grand, comme si on le lui avait prêté ou qu'il avait beaucoup maigri ces derniers temps. J'ai envie de lui demander s'il a beaucoup maigri ces derniers temps. Comment a-t-il fait ? Avec quel régime ?

— Par ici, je vous en prie, dit-il en indiquant le côté de la place Independencia.

— Vous n'aimez pas Los Tejos ?

— Je préfère aller ailleurs.

— Alors pourquoi m'avez-vous donné rendez-vous ici ?

— Je dois prendre quelques précautions élémentaires. Allons, je suis pressé et vous devez être nerveuse à cause de votre mari.

— Où voulez-vous aller ?

— À cent mètres, il y a une très chouette pizzeria toujours ouverte.

Très chouette ? Depuis quand n'ai-je pas entendu cette expression ? Nous marchons en silence sur la 18, cent mètres, deux cents. Nous tournons au coin de la rue, passons deux bars et un restaurant. Échangeons des banalités sur l'état de la propreté dans le centre, l'humidité de l'automne. Je vois que le type hésite, cherche du regard, devant et derrière lui. Il s'arrête, se retourne et me regarde.

— Las Maravillas, ce n'était pas par là ?

— Fermé.

— Si tôt ?

— C'est fermé depuis longtemps. Ça n'existe plus.

— Depuis quand ?

— Deux ans, peut-être trois. Depuis quand n'êtes-vous pas venu dans le centre ?

Il cherche dans sa poche, fouille, en sort de petits papiers, les regarde, s'approche d'une lumière. Il semble trouver ce qu'il cherchait, lit, regarde les numéros dans la rue. Il agite la tête, fait une boule du papier et remet le tout dans sa poche.

— Si vous voulez, on entre dans celui-ci, dis-je.

— Bien sûr, bien sûr. Aucune importance, tous les endroits se valent, entrons une bonne fois pour toutes.

— On pourrait s'asseoir dans le fond ? C'est mieux pour parler de choses privées : vols, ventes illégales d'armes, enlèvements.

Il me regarde sans répondre, semble indécis, je marche vers le fond et essaie de repérer les toilettes, il me suit. Je vois une table contre le mur, je la lui indique, il acquiesce. Nous nous asseyons en face l'un de l'autre, nous nous observons.

— Que prenez-vous ?

Je mangerais bien un sandwich au jambon avec des cœurs de palmier, une bière brune, peut-être deux, un sandwich, un palmier avec du *dulce de leche* ; mais la soupe de légumes abandonnée dans ma cuisine surgit dans mon esprit avec la force de la culpabilité et me fait abandonner tout projet impliquant des calories. Je me demande si les ravisseurs paient la note ou si je vais devoir raquer.

— Juste un Coca light.

— Garçon, appelle la voix étrange, normale maintenant.

Il passe commande, mon Coca, son café, le serveur s'en va et nos regards se croisent.

— Excusez-moi, je dois aller aux toilettes.

Je me rends à la porte au dessin d'ombrelle – pour les hommes, c'est une pipe – et de là je le vois mieux et sans risque d'être vue. Je dois mémoriser ses traits au cas où il me faudra le décrire à la police. J'entre rapidement aux toilettes, me passe les mains sous l'eau et ressors aussitôt. Je m'assieds, lui souris.

— Je vous écoute, lui dis-je.

7

L'homme hésite, m'observe. À première vue, son visage est un masque inexpressif ; en les examinant plus attentivement, ses traits au repos suggèrent une anxiété terne que je tente de déchiffrer. La peur, les nerfs ?

— Comme je vous l'ai dit, nous tenons Santiago.

— Qu'attendez-vous de moi ?

Il prend sa respiration, regarde aux abords de la table, me regarde. Il mord sa lèvre supérieure, puis l'autre. Le costume est de bonne qualité, bien coupé même si ce n'est pas sa taille ; la chemise est fine mais on voit qu'elle est élimée, peut-être souvent portée. Je respire son parfum, lequel, lequel ? Exquis.

— Il s'agit d'un premier contact. Vous ne devez pas avertir la police, vous ne pouvez pas mentionner notre négociation, ou votre mari mourra. Nous n'avons pas l'intention de lui faire de mal, mais nous voulons que nos conditions soient bien claires.

— Notre négociation ? Nos conditions ? Vous utilisez le pluriel et je ne vois que vous.

— Je ne suis pas seul, bien sûr. J'ai un associé.

Je ne peux pas le croire, je me dis que je suis sur une scène d'enlèvement. Pas la principale, non, mais quand même. Je me demande comment je dois me comporter, j'essaie de me rappeler certaines scènes de films, des dialogues. Je dois demander des preuves de vie, une lettre, un enregistrement, une photo sur laquelle mon mari tiendrait un journal daté du jour même ? Je ne sais pas, ça fait beaucoup de demandes pour un bar de la 18.

— Mon mari va bien ?

— Je peux vous garantir que oui.

J'envisage de lui dire que le dénommé Santiago, mon mari présumé, est diabétique, insulino-dépendant, très malade, de lui demander de le libérer, de pleurer un peu, de lui dire qu'il mourra sans ses injections, mais je me rends compte immédiatement que je ne connais même pas le nom du médicament. Personne ne croira que j'aie oublié le nom du produit qui maintient mon mari en vie.

On nous apporte mon Coca light et son café. Il me sert, un vrai gentleman. Je le regarde du coin de l'œil. Oui, la coupe de la veste du costume est très réussie, dommage qu'elle flotte. Cet homme a-t-il maigri ? Quel régime a-t-il suivi ? Il boit deux ou trois gorgées de la petite tasse, s'essuie la bouche avec une serviette. Il m'observe, parle sur un ton grave.

— Vous allez commencer à réunir l'argent.

— L'argent ?

— Oui, la rançon.

— Combien ?

— Un million.

Un million. Un million. Il a prononcé le montant et sa tasse tremblait légèrement. Je ne veux pas lui demander si ce sont des pesos, des dollars ou des euros, je sais juste que je ne voudrais jamais d'un mari dont la rançon aurait été payée en pesos.

— Je n'ai pas cette somme, dis-je, comme on récite une leçon bien apprise.

— Je n'y comptais pas, c'est pour cela que je vous ai conseillé de commencer à la réunir. Nous savons que vous pouvez.

— Comment le savez-vous ?

Il hésite avant de répondre.

— Par une personne proche de votre mari.

Il parle et me regarde sans ciller, la bouche légèrement entrouverte sur des dents bien alignées, très blanches, à peine tachées de café. Dans son regard, je revois de l'anxiété, un peu voilée par les mouvements mécaniques.

Je peux me débrouiller pour l'obtenir, a-t-il dit ; alors je dois être une femme pleine de ressources, enfin, la femme de Santiago doit être une femme pleine de ressources, maison gigantesque à Carrasco, toute en blanc, piscine et serre, domestiques, voitures de sport, un parc avec un chemin d'accès en gravier bordé de pins, d'arbres feuillus et devant, un étang avec des carpes japonaises. Je me dis que les femmes riches ont rarement des problèmes d'obésité. Je corrige : d'obésité naissante. Mensonge, obésité. Je tends le cou, rentre le ventre, tire le chemisier sur ma poitrine et mon ventre. Naissante. Pleine obésité. Je sirote mon Coca light sans complexe, il ne contient pas une seule calorie. Les femmes riches ne portent pas de vieux collants troués. Comment trouve-t-on un million ? D'où les proches des otages sortent-ils un million ? Je regarde autour de moi, un bar miteux de la 18, un endroit étouffant et mélancolique où quelqu'un me réclame une rançon d'un million tandis que je sirote du Coca light.

— Ce sera difficile, mais croyez-moi, je vais essayer.

— J'imagine que vous êtes en contact avec la police, qu'ils vous ont posé des questions.

Je suppose que je dois répondre oui. Je le dois ?

— Oui.

— Je devine qu'ils vous ont demandé pourquoi vous ne vivez pas avec Santiago.

Alors, je ne vis pas avec Santiago ? La femme du millionnaire ne vit pas avec lui.

Aïe, adieu maison avec piscine, domestiques, voitures de luxe. Je ressens un énorme vide : je viens de perdre une fortune.

Je le regarde, il attend ma réponse.

— Bien sûr, c'est la première question que m'a posée la police : si on vivait ensemble.

Je regrette mes paroles, pourquoi cela devrait-il être la première question ? Avant tout, il faut interroger les routines du disparu, ses horaires, ses habitudes. Qui a signalé que le type n'était pas chez lui, qu'il n'était pas arrivé pour dîner, au travail ou pour faire sa partie de golf ? Pas son épouse, puisqu'ils ne vivent pas ensemble, alors une employée, un jardinier ? Ils ont dû appeler sa femme dont il est séparé et lui ont demandé depuis combien de temps elle ne l'avait pas vu, si elle savait où il se trouvait. Je sens les gouttes de sueur descendre sur ma poitrine. Ce n'était pas une bonne réponse, non, mais le type est nerveux et ne semble rien remarquer de suspect. Il sursaute à un coup de klaxon, regarde autour de lui, finit son café et dépose soigneusement la tasse sur le petit plateau. Il remonte un peu ses poignets de chemise ; ils dépassent de sa veste, qui tombe mollement autour de son corps.

— Je dois partir, nous reprendrons bientôt contact avec vous. Comme je vous l'ai dit, n'en parlez pas à la police, continuez à feindre d'ignorer où se trouve votre mari.

— Attendez.

Je ne sais que lui dire, je réfléchis à toute vitesse à ce que nous pourrions avoir en commun.

Je ne peux pas lui expliquer en deux mots que je ne veux pas aller me coucher aussi tôt, que je ne veux pas de soupe de légumes, que personne n'appelle jamais chez moi.

— Comment faites-vous pour déguiser votre voix ?

L'homme sourit pour lui-même, je revois ses dents, il n'en manque pas une, elles sont belles, blanches, bien alignées. Très soignées.

— Avec le téléphone, un Nokia 7500. Une merveille, vous connaissez ?

— Non.

— Il possède un *scrambler*, un logiciel qui déforme la voix.

— Vous l'avez acheté ici ?

— Non, à l'étranger.

— Comment avez-vous dit que ça s'appelait ?

— *Scrambler*.

— Vous me montrez ?

— Bien sûr.

Il sort un appareil de sa poche, l'exhibe sans se départir de son sourire.

— Regardez, un vrai petit bijou. Un téléphone haut de gamme.

— Joli design. Vous avez un GPS ?

— Bien sûr, vous voulez voir où nous sommes ?

Il cherche les coordonnées, me montre une carte qui pourrait très bien être celle de Oulan-Bator ou Addis-Abeba. Nous échangeons un regard et un sourire. Il prend la tasse vide, tente d'en boire une goutte, essuie une tache invisible avec sa serviette, rajuste un bouton de sa veste. Il consulte sa montre, sort une plaquette de sa poche et prend une aspirine. Parmi les analgésiques, je repère une marque connue.

— Vous aussi, vous prenez du Somnium ?

— Oui, j'ai des insomnies depuis des années et aux pires moments, j'en prends en veillant à ne pas abuser ; c'est dangereux, cela peut provoquer un arrêt cardiaque. Vous en prenez ?

— Oui, parfois. Pas très souvent.

Encore des sourires.

— Je peux vous demander le nom de votre parfum ?

— Citric Tobacco.

— Je ne connais pas, c'est nouveau ?

— Je crois que je l'ai acheté il y a deux mois. Cette fois, je dois y aller.

— Vous m'appelez bientôt ?

— Très vite.

Il se lève, appelle le garçon, règle la note. Heureusement, maintenant que j'y pense, je ne suis pas sûre d'avoir de l'argent sur moi, je suis sortie à la hâte.

— Que voulez-vous que je dise à votre mari de votre part ? Comment ai-je pu l'oublier ? Bien sûr, je dois lui envoyer des paroles qui traduisent mon inquiétude, mon affection, mes encouragements. Je suis envahie par la terreur, le doute, que peut vouloir transmettre une femme à son mari séquestré ? Un message d'amitié et de soutien ; mais je me rappelle que nous sommes séparés, et j'hésite.

— Dites-lui que...

Je ne trouve pas les mots, encore un trou de mémoire, je ne sais plus quoi inventer. Il me prend le bras, à peine un frôlement, je frémis et il me lâche.

— Calmez-vous, je comprends votre confusion.

— Vous me comprenez ?

— Oui. Je vais lui dire que même si vous êtes séparés, vous l'aimez et que vous allez essayer de le ramener à la maison le plus tôt possible.

Pourquoi devrais-je le ramener si nous sommes séparés ? Mais je me dis que ce n'est pas le moment de discuter.

— Oui, dites-lui ça.

— Au revoir.

— Attendez. Je crois que vous n'avez pas mon numéro de portable.

Il semble déconcerté.

— Bien sûr, bien sûr. J'allais vous le demander.

Il le note sur l'un des petits papiers froissés qu'il avait mis dans sa poche, le range.

— Maintenant oui, au revoir.

Il s'en va rapidement et je ne réagis pas, quand j'y pense, il est déjà sorti, il a disparu de mon champ de vision. Je prends mon sac et pars sans trop savoir où aller. Une fois dehors, je regarde autour de moi, pas de traces du ravisseur de maris aisés.

Il vaut mieux rentrer à la maison vers mon régime, sortir de ce bar avant de mourir d'envie devant ces sandwiches qui passent en fleurant bon les lipides face à ma décision de prendre une soupe de légumes.

Je franchis rapidement les quelques centaines de mètres qui me séparent de la voiture, je passe devant les façades d'immeubles sombres, les portes orifices que les indigents ont pendant ce temps remplies de cartons, chiffons et briques de vin pour y passer la nuit ; je vais de plus en plus vite devant les vitrines éteintes, les bars plongés dans la pénombre, je traverse au rouge parce que à cette heure les feux de signalisation n'ont pas de sens, je marche, cours presque sur les derniers mètres, et j'arrive.

Le type au gilet phosphorescent semble se trouver au même endroit et dans la même position, l'odeur me frappe dès que je m'approche, maintenant le vin masque l'urine, la saleté et le cannabis.

Je sors une pièce de dix pesos et achète ma sécurité pour les vingt secondes suivantes, jusqu'à ce que la voiture démarre et parte.

8

Je pose mon sac sur le canapé en velours, je me précipite sur l'ordinateur pour y lire les nouvelles. Il y a tellement de choses que je devrais savoir ! Et je n'ai pas lu le journal depuis deux jours seulement, peut-être plus, une semaine ? Maintenant je m'en souviens, depuis le match Uruguay-Pays-Bas, mercredi dernier. Bien sûr, comment serais-je au courant de ce qui se passe, le président de la République lui-même aurait pu être assassiné et je n'en saurais rien. Quel jour l'enlèvement a-t-il pu avoir lieu ? Je dois tout savoir. Cela a dû arriver hier soir, il y a deux jours tout au plus ; cet homme a l'air très aimable, très attentif, je ne le crois pas capable de laisser plus longtemps que nécessaire la femme de son otage sur des charbons ardents.

J'ouvre *El País*, j'examine les gros titres un par un : sécheresses, inondations, cambriolages, manifestations, grèves, campagnes politiques, toujours les campagnes politiques, ce pays vit dedans. Aucune nouvelle d'aucune disparition. *La República*, pareil. *El Observador*, *180*, *La Diaria*. A-t-il disparu un autre jour ? Je regarde les nouvelles d'hier, d'avant-hier. Non plus. La nouvelle a-t-elle été publiée et je ne l'ai pas vue ? M'aurait-elle échappé ? L'anxiété me gagne, ce n'est pas bon parce que, comme je mange plus que je ne devrais, je mange tout ce qui me tombe sous la main. J'ai faim mais je dois me contenter de la soupe de légumes. Soupe et soupe, Úrsula, juste de la soupe.

Je vais dans la cuisine, je m'en sers une louche, deux pleines que je laisse tomber dans le bol, je le place au micro-ondes et j'attends. J'ai si faim que j'arrête le processus en cours de route, je sors le bol tiède et je bois à même le récipient ; le liquide entre dans ma gorge à gros bouillons et dégouline sur mon menton, descend dans le larynx et le cou à la fois, parvient à l'estomac et sur ma chemise en même temps, nourrit et salit.

Je renouvelle trois fois l'opération jusqu'à ce que je me sente exploser d'eau de légumes. Je regarde mon chemisier blanc maintenant taché de vert, je l'enlève en tirant dessus, direction le lave-linge, lessive en poudre, programme trois pour linge très sale. J'appuie si fort sur *on* que le bouton fait un craquement bizarre.

Crac.

Je place la soupe dans le congélateur, je ne veux pas qu'elle devienne acide, je déteste la nourriture acide.

Je regarde autour de moi et le pain me fait des signes sur le haut du frigo, mais je l'ignore, je passe à côté sans que mon pouce ne s'accélère. Soupe et soupe. Liquides. Je fais bouillir de l'eau pour le café.

Tac.

Tac.

De nouveau le son maudit, ce bruit qui m'empêche de vivre.

Je dois faire quelque chose, je dois penser à quelque chose, mais pour l'instant, je ne peux pas, ma tête est occupée par les enlèvements, les maris, les maisons avec piscine.

Tac.

Tac.

Bon sang. Je sais que je dois retourner à mon ordinateur pour chercher quelque chose, quoi donc ? Un nouveau trou de mémoire s'empare de moi et me laisse l'esprit vide. Je sors le petit sachet du Bracafé, je sais que cela ne sert à rien de m'angoisser, que je vais me souvenir, il est pourtant inutile de répéter des consignes apprises lors de séances de développement personnel, je m'angoisse et tente de plonger dans cet oubli. Enfin, le souvenir de ce que je faisais revient. Je veux chercher de l'information sur Internet, savoir qui je suis, qui est mon mari, pourquoi il a été enlevé. Avons-nous assez d'argent afin de pouvoir payer une rançon ? Formons-nous un bon couple ? Je l'aime, ou notre mariage n'est-il plus qu'une habitude après toutes ces années passées ensemble ? Et moi, l'épouse, comment suis-je, belle et mince ? Qui est cette femme, comment est-elle ?

Il y a tant de choses que je dois savoir...

Commençons par une recherche facile, Google, « disparu » et « Santiago », je tape CHERCHER. 1 510 030 résultats sont annoncés, et toute la première page fait référence à des disparus à Santiago du Chili à l'époque de la dictature de Pinochet. Affinons, cherchons dans les pages consacrées à l'Uruguay. Voyons, il y a un disparu à Santiago Vázquez, quelqu'un qui est sorti de chez lui il y a déjà deux jours et qui n'est pas revenu. Oui, mais en 1998. Quoi d'autre, voyons. D'autres disparus, sous la dictature. Non, non, je referme tout, il vaut mieux chercher dans les archives des journaux. J'ouvre *El País*, j'attends que les pages défilent et le téléphone sonne. Deux fois dans la même journée, ce n'est pas possible, et encore moins à cette heure.

— Bonjour.

— Úrsula ?

— Qui est à l'appareil ?

— C'est Amanda, comment vas-tu ?

— Amanda, quelle surprise. À cette heure...

— Excuse-moi, mais c'est une urgence, Úrsula. Je suis désespérée. Je t'ai appelée et tu n'étais pas là, je pars en voyage à l'aube, d'ici deux heures, et j'ai besoin de la traduction pour l'envoyer à Ricci.

— J'allais commencer à travailler sur le chapitre du poète haïtien.

— Tu n'en as pas plus ? Ricci va me tuer si je ne lui remets pas jusqu'au chapitre de la narratrice de la Côte d'Ivoire inclus.

— Amanda, tu lis le journal ?

— Oui. Non. Je ne sais pas, de temps en temps. Pourquoi tu me demandes ça ?

— Tu as entendu parler d'un type disparu ces jours-ci ? Un certain Santiago, je ne connais pas son nom de famille.

— De quoi me parles-tu ? Je pars dans deux heures et j'ai besoin des traductions jusqu'au chapitre de la narratrice de la Côte d'Ivoire inclus ; Ricci me met la pression, Úrsula.

— Justement, la femme de l'otage, de Santiago, s'appelle Úrsula, comme moi. Réfléchis, c'est sûrement un entrepreneur, quelqu'un d'important. On en a peut-être parlé à Telenoche, tu regardes ?

— Non. Ricci m'a déjà appelée au moins dix fois, il ne veut pas attendre, il dit qu'il en a besoin pour demain à n'importe quelle heure. Jusqu'au chapitre…

Il n'y a pas moyen, je pourrais interroger Amanda pendant des heures, l'attacher à la chaise, braquer une lumière puissante et brûlante sur son visage, maintenir ses paupières ouvertes avec des crochets, répéter inlassablement la question, je n'obtiendrais d'autre réponse que la demande de la traduction pour demain. Elle est comme ça, pensée monolithique, idées unilatérales. Tant qu'elle n'a pas obtenu ce qu'elle veut, elle ne te donne rien, pas même une petite portion de son attention.

— Demain matin tôt, jje m'attaque à la traduction du poète haïtien.

— Et la narratrice de la Côte d'Ivoire ?

Elle pose la question avec une certaine férocité qui semble feinte en surface.

— Après-demain.

J'entends le soupir sur la ligne, un ronronnement de chatte. Perfide et égoïste comme une chatte.

— Un type a disparu, Amanda, un certain Santiago.

— Je crois avoir entendu quelque chose, ce soir ou hier. Non, hier, je n'ai pas regardé la télé, je n'étais pas à la maison parce que c'était l'anniversaire de Paulita, ma fille aînée, celle qui a épousé un diplomate canadien. Ça devait être aujourd'hui.

Fais un effort, pauvre conne.

— Tu te souviens de ce qu'ils ont dit ?

— Oui, il est parti de chez lui en voyage d'affaires et il n'a jamais pris son avion.

— Tu te souviens d'autre chose ? La chaîne qui en a parlé ?

— Je crois qu'il se rendait en Bolivie ou peut-être en Équateur. Ou au Pérou ? Aucune idée de la chaîne, je passe mon temps à zapper.

— Ils ont dit quelque chose sur la femme ? Ils l'ont interviewée, filmée ?

— Je ne sais pas, je ne m'en souviens pas. On voyait un véhicule abandonné, une Mercedes Benz.

— Une Mercedes Benz ? Tu en es sûre ?

Trente secondes de conversation supplémentaires, Amanda me fait promettre de m'occuper de ses traductions, je lui réponds ce qu'elle veut entendre et je retourne à mon ordinateur.

Je rouvre le navigateur du journal, mais je tombe de fatigue.

Je m'allonge épuisée sur le lit, si excitée que j'ai du mal à fermer les yeux, je me retourne plusieurs fois, jusqu'à ce que je sois vaincue par la fatigue.

QUATRIÈME JOUR

1

Devant moi, une dame de la cour du Céleste Empire. Elle est belle et porte un kimono brodé couvert de plis qui suggèrent des soies luxueuses, lourdes. Je lui brosse les cheveux avec délicatesse, elle sourit à peine ; elle porte un chignon complexe, plein de rubans et de recoins qu'il faut nettoyer et vérifier avec un coton-tige, du lait tiède et de la patience, les plis de la robe nécessiteront une loupe et un poinçon à l'extrémité pourvue de fibres douces. Puis ce sera le tour du samouraï, de deux lions royaux bleus, de la figure féminine polychrome *san cai*, du fonctionnaire, de la danseuse aux bras tendus. Ça ne te fatigue pas, Úrsula, d'entretenir ce monde de personnages qui n'existent pas, ça ne t'ennuie pas ? Non, papa, tu sais que j'aime ça, tu le sais, sinon tu ne me les aurais pas laissés, pourquoi poser la question ? Ne t'inquiète pas pour ta collection de Japonais, elle ne me dérange pas, j'en prendrai toujours soin parce que j'aime cette petite liturgie de gestes répétitifs, de processus. Je m'en occuperai bien, papa, sois tranquille. Toujours.

Un peu d'eau, ici un peu de cire, là je passe le pinceau le plus petit. Et je fais briller avec une peau de chamois.

Je marque une pause dans le travail, j'ai faim, j'ai faim depuis des heures et je ne peux pas me contenter de soupe. Je dois trouver quelque chose, on m'a vanté les mérites d'un régime vénézuélien, j'ouvre mon ordinateur, je vais à la page regimes-aujourd'hui.com, je clique sur la page des rythmes circadiens.

Je lis : « L'alimentation doit être basée sur le rythme naturel ou circadien des hormones. Petit déjeuner comme un roi, déjeuner comme un prince et dîner comme un mendiant permet de renforcer le métabolisme, de maintenir un poids constant et d'optimiser le fonctionnement hormonal, en améliorant la santé et le confort de l'être humain. Le petit déjeuner a un effet anti-addictif. Il est prouvé que les farines et les sucreries ingérées au réveil assurent un taux élevé de sérotonine dans la journée et évitent la baisse du soir. C'est primordial pour le contrôle de l'addiction aux hydrates de carbone, car consommer des gâteaux le matin réduit leur attrait dans l'après-midi. C'est-à-dire que si nous consommons des gâteaux, il vaut mieux que ce soit le matin. Les protéines au petit déjeuner sont idéales, car elles diminuent la sensation de faim pendant des heures en régulant les niveaux de sucre dans le sang, évitent l'atrophie des muscles, accélèrent le métabolisme et développent l'attention. Le soir, il faut manger moins pour faciliter le travail de l'hormone de croissance, qui métabolise la graisse. »

L'hormone de croissance, tu parles ; je meurs de faim et je dois changer de régime. La soupe de légumes ne me cale pas, l'anxiété me donne de l'appétit et j'ai besoin de davantage de calories, d'une chose solide où planter les dents ; on ne peut passer ses journées avec de la soupe et avoir en plus une vie, c'est un régime destiné aux gens qui ne dépensent pas d'énergie parce qu'ils sont à l'hôpital ou en prison. Ou otages ? Les otages n'ont pas tellement besoin de calories non plus, bâillonnés, immobiles, ils ne respirent pas beaucoup. Que donnent-ils à manger à Santiago ? Je ne crois pas que ce type le laisse mourir de faim, il n'a pas l'air d'un pervers, plutôt de quelqu'un de bien, il lui donne certainement de quoi rester en bonne santé, un régime nutritif et avec les calories que requiert un corps tel que le sien. À quoi le corps de mon mari peut-il ressembler ?

Aujourd'hui, je n'entends pas de bruits à l'étage supérieur, plutôt une frappe douce comme avec des pieds nus, un déplacement puis le silence. Au bout d'un moment, la chasse d'eau est tirée, un robinet ouvert puis fermé, et de nouveau les pas. Je les suis à travers mon appartement, symétrique à celui du dessus, j'entends une porte, un corps qui tombe sur quelque chose de mou, sûrement le lit. J'imagine un corps qui s'installe sur le matelas, j'entends un soupir de soulagement, de plaisir. Je m'assieds sur mon propre lit, attentive aux sons. J'entends des craquements, la femme bouge sur son lit...

Reprends le nettoyage, Úrsula, arrête tes fantaisies. Je retourne à la table où j'ai déployé l'opération nettoyage, mais la faim me renvoie à la page des régimes. Petit déjeuner comme une reine ? Ça me parle.

Je dois faire très attention au nombre de calories que requiert un corps comme le mien et demain je commence le régime circadien, avec lui on ne doit pas avoir faim du tout. Mais aujourd'hui je vais me faire plaisir, je vais aller acheter des *alfajores*[1], des flans, des barres de céréales, de la glace, un *chivito*[2]. Ou deux. Une satisfaction entre deux régimes. À quoi Santiago peut-il ressembler ? Est-il âgé, grand, gros ? Je dois vérifier, hier je tombais de sommeil et j'ai abandonné la recherche, et ce matin je n'ai pas arrêté de courir avec les traductions.

Voyons ce que disent les journaux, aujourd'hui. Une grève d'instituteurs des écoles publiques, le dollar a perdu trois

1 Biscuits ronds fourrés de *dulce de leche* et nappés de chocolat.
2 Sandwich traditionnel uruguayen contenant du bœuf, du poulet ou du porc, avec de la tomate, de la salade, de l'œuf dur, de la mayonnaise et souvent servi avec des frites.

points, Cheche ne jouera pas le match contre le Brésil, le mystère de l'entrepreneur... Ici. Enfin.

Il s'appelle Santiago Losada, c'est lui, j'en suis sûre. Alors je suis madame Losada. Ici, il y a une photo floue, noire et blanc, imprécise, granuleuse. On ne voit pas bien, mais on devine qu'il est grand, gros, massif bien que séduisant. Je le regarde, je le regarde bien.

C'est lui, mon mari ? Il me plaît. On vit sûrement dans une maison à Carrasco. Oui, c'est indiqué ici, sa voiture a été retrouvée près de son domicile de Carrasco.

Je ne sais que faire, commander la glace par téléphone ou aller la chercher. Il vaut mieux aller au magasin, passer aussi par le kiosque qui vend les *alfajores* des sierras de Minas et en prendre une boîte. Puis je continuerai à nettoyer les statuettes, il m'en reste encore plus de la moitié. Et je finirai la traduction du poète haïtien. Une boîte d'*alfajores*. Juste pour aujourd'hui, un jour de vie, c'est la vie.

Le dénommé Santiago Losada est donc mon mari.

Pourquoi m'ont-ils appelée, moi ? Comment ? Je n'y comprends rien. Pourtant, le type connaissait mon nom, il m'a appelée Úrsula.

Je sors de l'immeuble, marche tout droit rue Sarandí jusqu'au marchand de glaces, laquelle vous voulez, quel parfum ? Un pot de *dulce de leche* granité, un *split* au chocolat, banane-pistache, menthe-chocolat, crème-chocolat. La fille me remet le paquet et j'aperçois un sourire furtif chez l'autre employée. Peu importe, qu'elles aillent se faire foutre. Avant de rentrer à la maison, je passe au kiosque et je demande des *alfajores*, des flans, des biscuits et des barres de granola. On m'apporte le sandwich d'un bar proche.

Je rentre chez moi, je mange de nouveau. Puis je retourne à mes Japonais.

2

— Quelle heure est-il ?

— Huit heures.

— Je ne suis pas bien du tout avec des cordes aux mains et des menottes aux chevilles. Cela paraît excessif pour immobiliser le gérant d'une entreprise. N'ayez pas peur, monsieur, je ne suis pas Rambo.

— Je vous ai déjà dit que nous voulions être tranquilles.

— Où avez-vous trouvé les menottes ?

— Dans un magasin d'articles policiers.

— Et pourquoi pas deux, une paire pour les chevilles et une autre pour les poignets ? Ce serait logique.

— Je n'en ai trouvé qu'une. Et je crois que c'est suffisant. Si vous ne pouvez pas marcher, vous ne pourrez pas aller très loin non plus.

— Où voulez-vous que j'aille, ficelé comme un paquet ?

— Je vais vous détacher les mains un instant.

— Tant mieux, laissez-moi comme ça pendant quelques heures, je suis tout engourdi.

— Tendez les bras, étirez-vous, comment ça va ?

— Mal, j'ai envie de vomir. Qu'est-ce que vous croyez, ma tête me fait mal, la blessure ne cicatrise pas, vous ne voyez pas que je suis souffre encore ?

— Désolé, je vous assure que nous n'avions pas l'intention de vous faire du mal.

— Vous et votre ami imaginaire, vous avez les meilleures intentions.

— Je suis aussi responsable que lui, nous avons planifié tous deux cette opération et nous avons tous deux commis des erreurs. Je ne suis pas quelqu'un de violent.

— Si vous n'êtes pas violent, pourquoi suis-je blessé ? J'ai des nausées et la tête me tourne. Vous me donnez des somnifères ? Je ne sais même plus depuis combien de temps je suis là. L'argent...

— Je vais essayer de vous trouver quelque chose contre les malaises. Vous voulez que je vous approche le récipient pour uriner ?

— Je vous en prie, le plus vite possible.

— J'ai vu votre femme.

— Vous avez vu Úrsula ?

— Oui, nous nous sommes mis d'accord sur certains détails de l'opération.

— Vous lui avez réclamé plus d'argent, j'imagine.

— Je ne veux pas en discuter. Plus d'argent ? Qu'est-ce qui vous fait dire ça ?

— Je me sens très mal et j'ai faim, vous pouvez m'apporter quelque chose à manger ?

— Bien sûr, un sandwich et un café. Mon collègue va arriver d'un instant à l'autre, il apporte sûrement des provisions.

— Pourquoi ne me relâchez-vous pas une bonne fois pour toutes ? Vous avez ce que vous vouliez.

— De quoi parlez-vous ?

— De l'argent.

— ...

— Vous avez l'argent que vous vouliez.

— Quel argent ?

— Ne faites pas l'idiot. Celui que j'avais dans mon porte-documents.

— Le porte-documents ? Vous aviez un porte-documents, où est-il ?

— Vous avez dû le prendre dans ma voiture. Ne faites pas l'innocent, vous m'avez enlevé parce que vous saviez que j'avais cet argent avec moi. Pourquoi me mentir si vous l'avez ?

— Vous dites que votre porte-documents était dans la voiture ?

— Bien sûr, sous mon siège. C'était risqué de voyager avec, je le savais, mais il n'y avait pas d'autre solution...

— Je ne peux pas le croire.

— Qu'est-ce que vous ne pouvez pas croire ?

— ...

— Non, ne me dites pas que vous n'avez pas le fric, ne me dites pas que votre ami a tout emporté. Vous vous êtes fait avoir, monsieur. Il y a de quoi rire, si c'est exact.

— Mon collègue va revenir d'un instant à l'autre. J'en suis sûr.

— Qui sait. Je pense qu'il est parti avec l'argent. Vous pourriez l'appeler ? Il doit bien avoir un téléphone.

— À combien se montait la somme ?

— Plus d'un demi-million.

3

J'ai dû changer les plaquettes de frein qui étaient usées, j'ai laissé la voiture au garage et je suis partie à la boutique anglaise du centre commercial pour y acheter les produits de nettoyage nécessaires à l'entretien de mes statuettes. Au retour, je monte dans le bus qui me conduit à la vieille ville, le contrôleur appuie sur un bouton et le ticket sort. Je me dis que d'ici peu, nous qui avons vu les contrôleurs sortir les tickets d'une caisse manuelle et ceux qui n'ont jamais connu autre chose que les distributeurs nous vivrons tous sous le même soleil. Le ticket sépare deux mondes, celui d'avant et celui d'après. Je prends le papier craché par la machine et je me demande pourquoi toujours, mais toujours, je suis du côté des vieux, alors que je ne suis pas vieille.

Il n'y a pas beaucoup de passagers, je peux choisir, un coup d'œil en un scan rapide m'aide à décider où je vais m'asseoir. Certains sièges doubles sont libres, même si je préfère généralement le voisinage d'une personne qui m'intéresse, observer son visage à la dérobée, l'aspirer, écouter sa respiration et, avec un peu de chance, une conversation au téléphone. J'aime toucher discrètement le tissu d'une veste, respirer un parfum ou un déodorant, reconnaître une humaine puanteur. Si ce sont des femmes, regarder les chaussures, les ongles des orteils et si c'est l'été, la couleur des cheveux, le blanc qui ressort sous la teinture, les taches sur les vêtements, la couleur des dents.

Une fille avec un iPod, un homme en costume qui lit le journal, un autre habillé comme un mamelouk, une boîte à outils à la main, deux enfants qui vont à l'école ou en reviennent, une femme âgée qui téléphone. C'est elle que je choisis, les conversations m'intéressent, je m'installe à son côté et l'observe du coin de l'œil. Elle parle et tourne le regard vers moi, puis observe les sièges vides. Je simule un intérêt pour le pare-brise, le paysage urbain de la rue Andes, les cinés porno, la crasse et la décrépitude pour égayer la matinée, j'écoute, suis toute ouïe, seul le son tropical de la radio du chauffeur, qui hurle et détourne mon attention, me dérange. La femme parle et oublie ma présence.

— Non, non, ma chère. Ce n'est pas comme ça que tu vas convaincre le directeur que tu es la mieux placée pour occuper le poste de ton collègue. Je te l'ai dit – elle baisse d'un ton –, tu dois t'en débarrasser – baisse encore la voix –, dévaloriser chaque idée qu'il présentera. Comment crois-tu que le directeur s'y est pris ? Non, non, ça ne va pas être difficile, ma chère, Diego, tu dis ? Diego doit être en train de faire la même chose. Bon, bon. Papa ? Non, non, la semaine prochaine, on a un anniversaire, mais ton père ne veut pas entendre parler d'une maison pleine de gens. Le mieux, c'est de fêter ça dans un grill, de la bonne viande, de bonnes salades, deux ou trois desserts. Lequel ? Non, je ne le connais pas.

J'observe son cou à la dérobée, un collier de turquoises, de l'artisanat mexicain ou guatémaltèque. Jolie. L'a-t-elle rapporté d'un voyage, s'agit-il d'un cadeau ? Tout en parlant, elle ouvre son sac, en cuir fin, de belle facture. Elle sort un peigne et arrange ses boucles châtains avec des reflets, regarde à travers la vitre. Quand elle bouge la tête, ses cheveux embaument le salon de coiffure, le shampooing, la crème, la laque.

— Oui, ça vaut la peine, ton père n'a pas soixante ans tous les jours. Qui ? Tes oncles et tante paternels ? Je ne sais pas, Mariana, tu crois qu'il faut les inviter ? On ne les a pas vus depuis des lustres.

Deux autres jeunes filles qui portent des écouteurs s'assoient ensemble, proches, au coude à coude ; chacune plongée dans sa musique, impossible d'imaginer un endroit plus éloigné sur la planète que le siège d'à côté. L'une d'elles enlève un écouteur pour dire quelque chose à sa voisine, elles rient, retournent à leur musique, à leur autisme. La femme qui parle à mes côtés me fatigue, ne m'intéresse plus, sa fête dans un grill m'ennuie, je reviens à la rue Paysandú qui défile à travers les vitres de droite, l'équilibre de la coupole des Augustins, l'horrible Banco Central. Le chauffeur continue à imposer ses goûts musicaux depuis l'avant du bus. Je me lève de mon siège et m'assieds à côté d'un homme âgé, soixante-dix, peut-être soixante-quinze ans. Sa veste est un peu élimée, ses chaussures ont besoin d'un bon coup de brosse, mais il ne semble pas pauvre, plutôt négligé. Le regard tranquille, il observe l'extérieur avec le calme d'un bouddha usager des transports en commun. J'aime la sérénité qui se dégage des rides horizontales sur son visage.

— Vous avez l'heure ?

La question et le regard pénétrant me font sursauter. Les bouddhas ont-ils besoin de savoir l'heure ?

Quelques rides horizontales se placent à la verticale.

— Dix-sept heures trente.

Il tourne son regard du côté de la vitre, ses rides retrouvent le calme et l'horizontalité.

Distraite, je n'ai pas vu monter le guitariste, le type gratte déjà les cordes, il se prépare. Le chauffeur a-t-il éteint la musique ? Oui. Petit miracle des musiciens ambulants, même si nous allons maintenant en subir les conséquences. Je me concentre sur le paysage, sur chaque carrefour, je vois défiler des bouts du port, des pans de bateaux qui passent et s'échappent entre les murs décrépits. J'aspire l'air qui sent déjà le sel et le pétrole. Maintenant le chanteur s'appuie contre un siège, il regarde les passagers, commence par les prolégomènes inévitables.

— Cher public, voici une chanson d'un artiste du quartier d'Olimar, de la ville de Treinta y Tres, du poète Julián Salvo, qui dit à peu près ça…

Rien de ce que je pensais ne reste dans ma tête quand la voix et sa mélodie inondent le bus. Les notes me donnent la chair de poule.

À l'époque je ne réfléchissais plus
Je buvais tellement
C'était l'instinct qui me conduisait
Directement vers l'autre femme
L'au-au-au-au-au-au-au-tre femme
L'au-au-au-au-au-au-au-tre femme…

J'arrive déjà à destination et je me lève, cours presque jusqu'à la porte, je fuis.

L'autre femme, l'autre femme, quelqu'un chante et la rue se remplit de sons. Soudain la révélation : elle aussi s'appelle Úrsula López, tout comme moi. La femme de Santiago Losada s'appelle comme moi, Úrsula López, sinon il n'y aurait pas eu d'erreur sur la destinataire de l'appel. En fait, quelqu'un a cherché dans l'annuaire ou appelé les renseignements, puis il a téléphoné à l'autre Úrsula.

Je suis l'autre femme.

Je descends, m'éjecte du bus à l'arrêt Colón.

Les notes de la chanson du poète restent dans la rue jusqu'à ce que le bus démarre et se perde en haut de celle-ci.

4

— Úrsula López ?

— C'est moi, qui est à l'appareil ?

— Une amie. Écoutez attentivement, Úrsula, nous tenons votre mari.

— Enfin.

— Quoi, enfin ?

— J'attendais un appel. Mais je ne pensais pas que ce serait vous, une femme.

— Vous attendiez un homme ?

— Peu importe, revenons au sujet.

— Nous devons parler de la rançon.

— Dites-moi juste combien ; le chiffre, madame.

— Nous voulons deux millions, Úrsula.

— D'accord, j'ai besoin de temps pour réunir la somme.

— Je sais. Je sais aussi que vous pouvez le faire. Je vous donne vingt-quatre heures.

— Où ?

— Où, quoi ?

— Où dois-je vous la remettre ?

— Commencez par la rassembler, ensuite je vous donnerai des instructions. Et ne prévenez pas la police de nos négociations, mais ça, vous le savez déjà, non ?

— Ce serait la dernière chose à faire.

— Vous leur avez parlé ?

— Oui, une fois. La bonne m'a prévenue qu'ils avaient signalé sa disparition et que la police avait trouvé sa voiture abandonnée et ouverte. Ensuite, ils sont venus chez moi et m'ont posé quelques questions.

— Ils vous ont interrogée ?

— Bien sûr. Ils voulaient savoir quand je l'avais vu pour la dernière fois. Mais ne vous inquiétez pas, désormais je ne dirai plus rien.

— Je vois que vous avez bien compris, maintenant trouvez l'argent sans en parler à personne.

— Dites-moi comment va mon mari.

— Bien. Soyez rassurée, vous payez et nous vous le rendons sain et sauf.

— Écoutez, j'ai quelque chose à vous dire.

— Il est diabétique ? Il suit un traitement ?

— Non. Où avez-vous pris qu'il était diabétique ?

— Je ne sais pas, ne tenez pas compte de ce que je viens de dire.

— Écoutez-moi bien : je ne veux pas que vous le libériez.

— Vous ne voulez pas que nous libérions votre mari ?

— Tout à fait.

— Je ne suis pas certaine de comprendre. Vous voulez que nous l'exécutions ?

— Faites ce que vous jugerez bon. Je vous donne trois millions et vous le faites disparaître. Pour toujours.

— Entendu. Trouvez les trois millions et on s'occupe de lui.

— Ce n'est pas si simple. Je ne peux pas sortir l'argent de la banque, il y aurait certainement une enquête et ce serait évident. La femme est toujours la première personne à être soupçonnée.

— C’est exact. La femme et le majordome.

— Nous n’avons pas de majordome.

— Cuisinière, bonne, jardinier ?

— Oui, tout ça, pourquoi posez-vous la question ?

— Et votre maison de Carrasco dispose d’une piscine, d’une allée bordée de pins et d’une serre ?

— Oui, la maison possède une piscine, une allée bordée de pins et une serre. De toute façon, je n’habite plus avec mon mari mais dans un appartement de Pocitos. Nous sommes séparés. Pourquoi posez-vous la question ?

— Pour rien, ne tenez pas compte de ce que je vous ai dit. Sans majordome, il ne reste que la femme.

— Et la maîtresse.

— Il y a une maîtresse aussi ?

— Je ne souhaite pas en parler. Pourquoi croyez-vous qu’il partait en Bolivie ?

— Ne me dites pas qu’il allait la retrouver.

— Je ne tiens pas à en parler, n’insistez pas.

— Soyez tranquille, je suis une tombe.

— C’est une canaille, j’ai découvert qu’il me trompait depuis longtemps.

— Nous veillerons à ce qu’il ne le fasse plus. Contentez-vous de réunir l’argent.

— Je dois réaliser une opération financière à l’étranger, ça va prendre quelques jours.

— Eh bien si c’est le cas, il n’y aura pas de problème. Exigez des billets dont les numéros ne se suivent pas.

— D’accord. Appelez-moi après-demain.

— À cette heure ?

— À l’heure que vous voudrez. Votre numéro est celui qui s’affiche ?

— Non, je ne suis pas naïve à ce point. Je suis dans une cabine publique.

— Très bien, il faut se dire que la police va fouiner partout. Ne m'appelez depuis aucun numéro qui puisse permettre de remonter jusqu'à vous, d'accord ? Et prenez toujours des téléphones différents.

— Oui.

— Vous pouvez acheter des puces de téléphone au marché, sous n'importe quel nom.

— Je l'ignorais.

— Faites ce que je vous dis et tout ira bien. Au revoir.

— Au revoir.

5

Montevideo, 25 février

Chère voisine de l'appartement 602,

J'ai tenté de vous parler en personne, j'ai sonné chez vous à diverses heures du jour et de la nuit, mais je n'ai jamais pu vous rencontrer. Une fois, je vous l'avoue, j'ai cru entendre le bruit du judas et je vous ai même soupçonnée de ne pas vouloir ouvrir la porte. Comme vous le savez, je vous ai envoyé une lettre où j'évoquais mon problème quand vos talons frappent contre votre parquet. L'avez-vous lue ? On ne dirait pas, je n'ai remarqué aucun changement quant au bruit gênant que produisent vos chaussures.

Je dois vous dire que cette semaine et peut-être tout ce mois, je vais être concentrée sur mon travail de traductrice, un labeur ardu qui exige le meilleur de soi-même, la maîtrise des deux langues, de la sensibilité, du sens artistique. Le traducteur, ma chère voisine, après un premier contact avec le texte, se l'approprie et commence à traduire quelque chose de personnel, c'est aussi un art. Le traducteur qui affronte le texte se débat entre l'esprit et la lettre, entre la fidélité et la liberté, et la création se situe sur cette ligne ténue. Vous vous y connaissez en matière de processus créatif ? Eh bien je dois vous dire que cela exige du silence. Le silence, soit ce qui me manque, parce que vos talons cognent contre le bois et produisent ce son sec qui me rend nerveuse et m'éloigne de l'art.

Je vous demande vivement de faire quelque chose, de mettre des tapis, de vous déchausser, de léviter quand vous allez chercher un verre d'eau dans le frigo.

Salutations distinguées,

La voisine du 502

PS1 : Je vous envoie l'adresse d'un magasin de tapis qui va fermer et qui fait 50 % sur tout le stock.

PS2 : Quelle est votre pointure ? Quand j'irai dans le centre, je peux vous rapporter les pantoufles dont je vous parlais dans ma dernière lettre.

CINQUIÈME JOUR

1

Santiago Losada, l'entrepreneur dont le véhicule a été retrouvé abandonné, est toujours porté disparu. D'après le personnel de service, il a quitté son domicile hier soir à vingt-trois heures, au volant d'un véhicule qui lui appartenait, une Mercedes Benz, en direction de l'aéroport de Carrasco, d'où il devait embarquer pour El Alto, La Paz, en Bolivie. On sait qu'il n'est pas arrivé à l'aéroport car il ne s'est pas présenté à l'enregistrement. Son véhicule a été retrouvé au petit matin par des fonctionnaires de police dans une rue de Carrasco proche de son lieu d'habitation. S'il n'existe jusqu'à présent aucune certitude quant à la thèse de l'enlèvement, on craint qu'il soit retenu contre sa volonté et que la famille soit rançonnée. En dépit des recherches méthodiques menées par les forces de police, il n'y a pour l'heure aucune trace de lui. On attend le résultat des analyses des empreintes digitales sur l'automobile.

2

La porte s'ouvre sans bruit, un tapis recouvre le sol d'un mur à l'autre et amortit le bruit des pas. J'entre dans le cabinet en me déplaçant comme un chat. Je murmure un salut, m'installe dans le fauteuil vert et moelleux qui m'engloutit dès que je m'y appuie. Dans la pièce, juste une vague odeur d'encaustique ou de cire parfum citron flotte dans l'air, une odeur apaisante, onctueuse.

Le docteur Ferrés consulte ses notes, elle porte des lunettes retenues par une chaînette et un chemisier d'une blancheur immaculée plissé à la poitrine.

— Jeudi dernier, vous m'avez parlé des lettres que vous avez retrouvées après la mort de votre père.

— Oui. Ma tante et lui avaient une liaison. Je vous en ai parlé lors de la dernière séance.

— Vous souvenez-vous l'avoir remarquée ?

— J'étais au courant. J'avais découvert des photos d'eux prises de nombreuses années plus tôt. Ma tante m'a vue les clichés à la main et elle n'a pas nié, même si elle ne m'a donné aucune explication non plus. Je crois pourtant avoir enfoui cette relation dans l'oubli, comme j'ai oublié nombre d'autres choses liées à mon passé, particulièrement à mon père. J'ai des vides, des lacunes, des blancs, comme si j'avais passé les mois qui ont suivi sa mort à dormir. J'ai la sensation que ce temps s'est écoulé en un battement de cils.

— À quoi attribuez-vous les trous de mémoire concernant cette époque ?

— Je ne sais pas, la mémoire est sélective, non ? On se souvient de certaines choses et pas d'autres.

— Que vous rappelez-vous de la mort de votre tante ?

— Presque rien, les draps ensanglantés, le visage livide de l'employée, guère plus. Je me rappelle ce que ma sœur se rappelle, ce qu'elle me raconte.

Je mens, j'ignore pourquoi.

La doctoresse ne me répond pas, prend des notes, revient quelques pages en arrière, lit. Cette sorte d'automatisme professionnel, le manque de retour, m'offensent, je préfère croire qu'elle me regarde d'un air moqueur ou compatissant. Je déteste ce silence incolore. Si je tourne la tête, je vais voir une fenêtre qui donne sur la rue et plus loin les feuilles presque sèches de l'arbre qui se trouve devant le cabinet.

— Votre père et votre tante dissimulaient-ils leur liaison ou se montraient-ils ouvertement ?

— Ils se cachaient.

— Ils étaient libres, ils auraient pu se montrer, vous ne croyez pas ?

Je ne crois rien, et je ne dis rien. Elle attend un moment avant de poursuivre.

— Qu'avez-vous éprouvé en lisant ces lettres ?

— De quoi voulez-vous parler ?

— Elles ne vous étaient pas destinées.

— Quelle importance cela avait-il, qu'elles ne me soient pas destinées ? Non, cela ne m'a pas dérangée. En fait, j'ai beaucoup aimé lire quelque chose qui appartenait à autrui, c'était comme se pencher et épier… Une alcôve. Vous comprenez ? Et puis mon père était mort, il aurait pu les brûler avant de mourir s'il voulait les garder secrètes. Et il ne l'a pas fait.

— Votre père ne pensait peut-être pas encore à la mort.

— Peut-être. Il avait à peine dépassé la soixantaine et il était en bonne santé.

— De quoi est-il mort ? Si vous me l'avez dit un jour, je ne m'en souviens pas.

Il fait chaud, l'étreinte du fauteuil commence à me sembler intrusive et poisseuse.

— Arrêt cardiaque.

Elle note. Quelle importance cela peut-il avoir, de savoir de quoi mon père est mort ? Mais elle insiste.

— Quelle en était la cause ?

— Une overdose de tranquillisants.

— Accidentelle ?

— Je ne pense pas. Mon père s'est suicidé.

— Je l'ignorais, vous ne m'en avez jamais parlé.

Elle note. J'essaie d'imaginer ce qu'elle écrit. Elle doit se demander si je suis suicidaire moi aussi, elle est si élémentaire et prévisible que j'en ai la nausée.

— Je me demande pourquoi vous n'y avez jamais fait illusion.

— Peut-être parce que vous ne me l'avez jamais demandé, non ?

Elle me regarde par-dessus la reliure noire. Prend des notes dans son carnet, chausse ses lunettes puis les ôte.

— Revenons aux lettres.

J'y reviens.

Elle recommence : Pourquoi est-ce que je les ai lues ?

Et pourquoi pas, elles étaient là, une porte entrouverte m'invitait à entrer.

— Cela m'a plu. Je crois que le monde secret des autres m'attire.

— Comment ça ? Pourquoi ?

Un flash. Je me vois soulever le téléphone très lentement, recouvrir le micro de la main, entendre la voix de mon père murmurer, je retiens ma respiration. Quand j'entends raccrocher, je raccroche. D'où vient ce souvenir ? Je le raconte au Dr. Ferrés ?

— Je suis attirée par les facettes que les gens ne montrent pas.

J'aime les regarder quand ils ne me voient pas. Les voir agir sans qu'ils se sentent observés. Les voir quand ils ne font pas semblant, quand ils ne savent pas qu'on les observe.

— Vous aimez épier, Úrsula ?

Je me redresse, décolle le dos du fauteuil, mais assise comme ça je me sens encore plus mal à l'aise. J'ouvre mon sac et en sors mon téléphone portable, que j'éteins parce que j'ai oublié de le faire en arrivant. Les murs sont blancs, les meubles sombres, la bibliothèque contient des livres reliés du même ton que les meubles. Ni bruit ni couleur, mais le parfum : l'odeur de citron me retourne l'estomac. Les nausées s'accentuent.

— Oui, j'aime ça. Comme tout le monde, non ?

Elle me regarde avec une lueur de curiosité, premier indice de normalité depuis le début de la séance. Elle se reprend et reporte le regard sur l'écran du professionnalisme.

Je répète :

— Comme tout le monde, non ?

— Revenons aux lettres. Quelle sensation leur lecture vous a-t-elle procurée ?

— De la colère.

— Contre votre père ?

— De la colère, juste de la colère. Peut-être contre tous les deux.

— Qu'est-ce que se disent votre père et votre tante dans ces lettres qui provoquent votre colère ?

— Je ne veux pas en parler.

Elle note quelque chose, puis elle me regarde par-dessus ses lunettes.

— De quoi voulez-vous parler ?

Je veux parler ? Pas aujourd'hui, aujourd'hui je ne veux pas. Je me demande ce que je fais là, ce que je cherche avec les séances du Dr. Ferrés.

— J'ai rencontré un homme qui m'intéresse.

Elle note. Autre sillon thématique.

— Vous avez une relation avec cet homme ?

La doctoresse parle tout en notant rapidement quelque chose. Que peut-elle écrire ? La grosse commence à s'intéresser à quelqu'un, la grosse est en colère, la grosse a oublié des pans entiers de sa vie. La grosse a rencontré un homme. Je tourne la tête pour voir les feuilles de l'arbre à travers la vitre, mais je reste dans les rideaux, sombres comme les livres et les meubles, lourds. Sous la fenêtre, il y a une table, une carafe remplie d'eau et quelques verres. Je me rends compte que j'ai la bouche sèche et pâteuse. Je me lève, je me dirige vers eux, je me sers et je bois.

— Non, on ne se voit que de temps en temps pour une raison particulière.

— Laquelle ?

Je réfléchis.

— Les affaires.

— Quel genre d'intérêt éprouvez-vous pour lui ?

Je regarde en moi, je cherche une réponse. Pour elle, et surtout pour moi.

— Je veux le protéger du mal.

— De quel mal ?

Elle attend que je poursuive, mais je ne vais pas le faire, je suis ici parce que je suis grosse. Ou alors elle veut que je sache pourquoi je suis grosse parce qu'elle pense que si je le sais, je cesserai de l'être.

Elle change brusquement de sujet.

— Quels médicaments votre père a-t-il utilisés pour se suicider, Úrsula, vous le savez ?

Je mens.

— Non… Il faut que j'y aille maintenant.

Vais-je lui dire que j'ai rendez-vous avec le destin ? Ça fait un peu cucul.

— Nous nous revoyons la semaine prochaine.

Je me lève, mets la main dans ma poche et me cramponne à la plaquette de Somnium.

SIXIÈME JOUR

1

Rue Sarandí, je descends par Zabala en direction du port, au milieu de la foule de midi, avec la sensation que les gens se retournent pour me regarder. J'ai envie de leur crier : Appelez-moi Úrsula, la baleine blanche.

Je déjeune presque toujours au marché, pas dans les restaurants à touristes qui donnent sur la rue, mais à l'intérieur, ceux aux nappes en papier qui sentent la friture, le poisson ; j'aime les rayons irréguliers du soleil qui pénètrent par la coupole de verre sale, cette simplicité familiale ; je passe au milieu des chanteurs de tango, des cadres en déjeuner d'affaires, des étudiants devant un *choripán*[1], des couples qui s'embrassent et semblent toujours clandestins ; je cherche une table tranquille, je m'installe, à chaque fois je veux prendre une salade complète, mais commande une raie au beurre noir, une entrecôte au poivre, des raviolis à la ricotta nappés de sauce tomate, le serveur note, note et regarde mes bras ronds, mon double menton, la masse de ma poitrine qui cache celle du ventre qui cache celle des cuisses.

— Qu'allez-vous prendre ?

— Un Coca light.

— Vous attendez quelqu'un ?

— Non.

1 Sorte de hot-dog avec une saucisse grillée.

Il débarrasse les autres couverts, me regarde comme toujours sans me regarder, je sais qu'intérieurement il se marre malgré son air pétrifié ; la grosse qui mange seule, la grosse qui commande des frites, des sauces, des pâtes et une boisson *light* ; il rit sous cape, file passer commande au cuisinier.

— Mets une grande portion de poisson à la grosse, si elle a encore faim, elle est capable de me mordre, il va lui dire, ou un truc dans le genre.

Être grosse, ce n'est pas juste être grosse, ce n'est pas être en surpoids et avoir du mal à grimper les escaliers, ce n'est pas la taille qui disparaît ni le double menton, ce n'est même pas la santé en danger, c'est l'humiliation permanente, la colère dissimulée, ce sentiment selon lequel il n'y a pas de pitié et encore moins de justice pour qui est différent. Comme tant d'autres, comme tous, mes premières expériences de torture psychologique, c'est à l'école primaire que j'en ai souffert. L'éternelle histoire : camarade cruel s'acharne sur camarade grassouillette. « Groin, groin », disait le harceleur, à voix basse pour que la maîtresse n'entende pas, mais suffisamment fort pour tous les autres. « Groin, groin », répétaient en chœur les acolytes du pervers précoce. Je me sentais rougir, la chaleur montait dans mon corps qui transpirait et tremblait, sa respiration bouleversée s'emballait. La maîtresse ne s'en rendait pas compte, aucun problème dans sa classe, tout allait pour le mieux dans le meilleur des mondes ; elle corrigeait ses copies et les élèves faisaient leurs maths ou leur devoir de géographie. Mais un jour, un « groin » résonna un peu plus fort, elle leva la tête de sa tâche, me regarda un instant et je surpris sur son visage une grimace légère, imperceptible, un rictus fugace qui me priva de tout espoir de trouver justice en ce monde : l'éclair d'un sourire.

Aujourd'hui je cherche un endroit tranquille, une table à l'écart, un peu dans l'ombre, une jeune serveuse m'apporte le menu et me recommande le porc aigre-doux. Je la fixe, en silence, elle soutient mon regard et attend, de minces lignes se forment autour de sa bouche.

— Une salade complète et un Coca light.

Elle note dans son carnet, je cherche un sourire, une trace sur son visage.

J'attends un peu, elle m'apporte ma commande et je mange la salade en mâchant lentement, plusieurs fois chaque bouchée comme on me le recommande lors des réunions des obèses, *miam miam* dix fois, *miam miam* quinze fois, et la tomate est réduite en bouillie, la laitue s'évapore, le concombre disparaît et, lorsque j'avale, un liquide descend dans ma gorge, avec tout juste un goût de fourrage dilué. Le téléphone sonne, dans mon sac, dans ma vie. Je regarde l'identificateur d'appels et n'identifie rien.

— Bonjour.

— On peut se retrouver dans une heure ?

Je réfléchis.

— Plutôt deux.

— Deux heures, alors.

— Où ?

Un chanteur de tango commence à gratter sa guitare et la réponse se perd entre les accords de *La última curda*.

— Comment ? crie-t-il dans l'appareil.

— Place Independencia, près du monument à Artigas, dans deux heures.

Je pense qu'il va pleuvoir, que l'atmosphère sera humide, la place couverte de flaques. Que je pourrais rentrer à la maison et m'occuper de mes statuettes chinoises. J'hésite, j'hésite toujours.

— Plutôt le Tasende, si possible. Excusez-moi de me mêler de vos choix, mais c'est à cent mètres de la place et nous y serons plus tranquilles pour parler. Et au sec, surtout.

— Eh bien, je ne sais pas...

— Je vous en prie, je suis asthmatique et ce temps me tue.

Je mens. Je mens toujours. À l'autre bout du fil, la voix se tait, semble réfléchir, évaluant la possibilité d'une descente de police dans le bar situé à l'angle de San José et Florida.

— Je ne vais pas vous envoyer la police. Je vous le jure.

— Vous le jurez ?

J'imagine son sourire. Ou alors il est sérieux.

— Dans deux heures au Tasende, alors.

Je retourne à ma salade, mâche consciencieusement les carottes râpées, le poivron vert, le céleri, laisse l'oignon de côté parce qu'il donne mauvaise haleine. Je finis et me sers un grand verre de Coca.

— L'addition, s'il vous plaît.

La fille apporte le ticket et trois bonbons. Pas un sourire ni un regard quand elle les pose sur la table.

— La salade était très bonne.

— Demain il y aura de la roquette, du poulet et des champignons, je vous la recommande.

— Je prendrai peut-être ça.

Je m'empresse de sortir, j'ai deux ou trois choses à faire avant d'aller au Tasende.

2

— Úrsula ?

— Oui.

— Vous savez qui je suis.

— Bien sûr, je vous attendais. Vous appelez d'un téléphone public ?

— Oui, comme convenu.

— Parfait, alors.

— Vous avez l'argent ?

— Oui.

— La totalité ?

— Les trois millions. C'est ce qui était convenu, non ?

— En liquide ?

— Et en billets dont les numéros ne se suivent pas, comme vous me l'avez demandé.

— Chez vous ?

— Ne soyez pas stupide, jamais je ne vous dirai où il se trouve.

— Je voulais savoir si vous l'aviez déjà.

— Je serai avec l'argent à l'heure et à l'endroit que vous m'indiquerez.

— La somme tient dans un sac ?

— Oui, un grand.

— Combien pèse-t-il ?

— Aucune idée. Je dirais qu'il est assez lourd.

— Comme un gros chien ?

— Oui, un chien berger ou un Golden Retriever adulte. Trente à trente-cinq kilos.

— Ça ne va pas être facile à transporter.

— Vous dites ça pour moi ? Je m'entraîne, je fais de la gymnastique tous les jours.

— Je parle pour moi. Je ne fais aucun exercice depuis l'école.

— Je peux l'apporter dans mon caddie ou dans une valise à roulettes.

— Une valise à roulettes, bonne idée. Alors, attendez mon appel.

— Un instant, quid de votre part ?

— De quoi parlez-vous ?

— De mon mari. Vous savez, notre accord.

— Oui.

— Et alors ?

— Nous allons satisfaire votre demande.

— Bien, rappelez-vous les conditions. Une fois que ce sera fait, vous devrez m'en apporter la preuve.

— ...

— Vous m'entendez ? Je vous ai dit qu'avant de payer, je vous demanderais une preuve irréfutable. Je ne sais pas si vous me comprenez.

— Oui, je vous comprends parfaitement. Nous allons le faire disparaître pour toujours. Et nous vous en apporterons la preuve.

— J'espère que tout ira bien.

— Une question, sans vouloir être indiscrète. Pourquoi faites-vous ça ? Votre mari a une maîtresse ?

— Je l'ai découvert récemment, oui. Je le lui ai dit, lui en ai apporté les preuves et il a fini par avouer, c'est pourquoi nous nous sommes séparés. Il partait en voyage pour aller la retrouver.

— J'imagine votre colère et votre douleur.

— Oui, cela m'a meurtrie. Je ne lui pardonne ni la trahison ni l'humiliation. Vous ne savez pas ce que c'est que de sentir tous les regards posés sur soi.

— Je crois que si.

À Carrasco, on se connaît tous et on sait tout de la vie des autres, si je vais au cinéma ou au restaurant, tout le monde se retourne sur moi, murmure sur mon passage.

— J'ai vécu ça, oui.

— Elle aussi elle habite là. Vous imaginez, devoir me résigner le reste de ma vie à voir l'homme à qui je l'ai consacrée, avec une autre. Vous comprenez ma décision ?

— Oui, cet homme ne mérite pas votre compassion. Mais vous ne disiez pas qu'il partait en voyage ?

— Ils allaient se retrouver là-bas pour leur voyage de noces. Ensuite ils auraient vécu ensemble, dans ce qui a été ma maison durant toutes ces années.

— ...

— Vous m'entendez, madame ?

— Úrsula, préparez cet argent. Nous allons nous occuper de cette canaille.

3

Premier inconvénient en entrant chez le coiffeur : le fauteuil est étroit et moi très grosse.

Le résultat, je le connais, c'est que lorsque je vais essayer de m'asseoir, je n'y parviendrai pas ou alors en forçant entre les deux accoudoirs, et dépassera exactement ce qui manque au siège. Je m'énerve, je piaffe. Quand quelqu'un monte ce genre de commerce, il ne prévoit donc pas qu'un jour il va recevoir une fille avec quelques kilos en trop ? Comme si nous les obèses étions une part de marché négligeable, ce salon a décidé de se passer de nous.

Je crois devoir exprimer mon malaise et m'en aller, dire que je suis indignée du manque de considération voire de critère commercial, je l'envisage, mais je n'ai même pas envie de faire ne serait-ce que cent mètres et je reste plantée à l'endroit d'où je vois les fauteuils étroits dans lesquels je vais m'efforcer par tous les moyens d'introduire mon corps.

Je n'aime pas les salons de coiffure, l'odeur d'ammoniaque des teintures, ni les ambiances fortement éclairées, je n'aime pas les femmes qui les peuplent. Ni les salons aux fauteuils larges et confortables, qu'ils n'ont pas ici. Sans l'allure catastrophique de mes cheveux après un mois de repousse et l'humidité ambiante, jamais je ne fréquenterais ces lieux où je pénètre tel l'accusé dans le cachot où il va être torturé. Mais aujourd'hui est une journée particulière, je veux être à mon avantage.

— Bonjour, je m'appelle Lily. Vous avez rendez-vous ?

— Non. Il faut ? Je n'ai pas rendez-vous et je suis très pressée, Lily.

— Il faut réserver par téléphone ou sur notre page web.

Ils ont une page web et pas de fauteuils larges ?

— Donc vous ne pouvez pas vous occuper de moi ? Je rentre à la maison, je cherche « rendez-vous » sur la page et je double clique ?

— Attendez... je crois que j'ai une petite place.

Bien sûr, que tu as une petite place, baby, vu les prix, je ne crois pas que des masses de clientes réservent en ligne. Je l'observe tandis qu'elle fixe l'écran. Elle a une tête à se soucier du trou dans la couche d'ozone, de l'effet de serre ou de la chasse à la baleine, une tête à être végétarienne et à utiliser des sacs recyclables, mais il est tout aussi probable qu'elle ne se soucie de rien du tout et qu'elle ait mangé un bébé phoque à déjeuner ou se soit fait avorter.

— Nous avons un créneau d'une heure, pile maintenant.

— Quelle chance, Lily, je n'y crois pas.

— Voilà Cindy, qui va vous faire le shampooing.

Cindy est jeune et ses grands yeux globuleux lui donnent un air bovin. D'ici peu, son innocence cédera le pas à la stupidité.

— Bonjour, venez, que je vous passe une serviette et vous lave les cheveux. Comment vous appelez-vous ?

— Bonjour, Cindy, je m'appelle Úrsula. Vous pouvez m'appeler Madame López.

Elle me conduit vers les bacs où deux femmes ont la tête penchée en arrière et reçoivent une douche tiède, un shampooing et une séance de massage du crâne. Je regarde le fauteuil en hésitant, j'espère que l'aller-retour de Cindy pour aller accrocher mon sac me laissera le temps de m'installer. Je m'assieds et case mes fesses par miracle, sans effort et sans pression. Aujourd'hui est un grand jour.

Mes voisines parlent très fort, comme si elles étaient seules et que les autres faisaient partie des meubles. Leurs voix aiguës, leurs petits rires me dérangent, je ne peux m'empêcher de m'agiter même si le siège n'est pas si étroit.

Alcool, ammoniaque, shampoing, laque. Je commence à me sentir mal.

Je veux partir.

La fille met si longtemps avant de revenir que je la soupçonne d'avoir démissionné, et moi je suis là, abandonnée, les cheveux dans un état de plus en plus pitoyable au fil des minutes.

Je crie : Quelqu'un peut s'occuper de moi ?

La réceptionniste, à plus de dix mètres de distance, m'entend et tente de résoudre mon problème en fixant son écran. Je me dis que je ferais peut-être mieux de l'appeler par MSM.

Cindy finit par arriver, l'air satisfait comme si elle avait mangé un sandwich ou eu des relations sexuelles avec le laveur de vitres.

La douche tiède sur le cuir chevelu emporte tous mes soucis, me calme, m'emmène dans les nuages, puis vient le shampooing qu'elle m'applique en massages doux et circulaires et, les yeux mi-clos, je profite de l'instant. Une nouvelle chute d'eau tiède entraîne la saleté et le produit, je me sens légère et heureuse, je ferme les yeux et monte au ciel, je crois que je m'endors pendant quelques secondes.

— On fait une coupe ?

Ah non, elle n'a pas le droit de me distraire de mon voyage astral.

Après un profond soupir, je réponds.

— Oui, Cindy.

Un nouveau massage avec shampooing et je suis prête pour l'extase, l'eau glisse sur mon crâne dans un gargouillis et la main de Cindy l'aide par de légers mouvements de caresse sur mes cheveux, du front jusqu'à la base du crâne.

— On fait une teinture ?

Plutôt que répéter « Oui, Cindy », je préfère feindre la surdité.

— On fait une teinture ? répète-t-elle, cette fois très fort, en se penchant vers mon oreille droite.

Je répète encore et encore, je crie, trois, dix fois, jusqu'à m'étouffer avec tous ces i :

— Oui, Cindy. Oui, Cindy. Oui, Cindy.

Cindy me regarde et se redresse, ses yeux se mouillent, elle regarde alternativement la caisse et la porte qui communique avec la partie privée, la respiration entrecoupée, et je l'entends renifler, maintenant en silence. J'ouvre la bouche, je parle lentement, je remue les lèvres, je les étire.

— Allez, Cindy, lavez-moi les cheveux, je n'ai pas toute la journée.

Je vais sortir du salon irritée, énervée, avec plus d'appétit que d'habitude.

Maudite Cindy de tous les diables, je vais te devoir les deux derniers kilos de graisse que je vais prendre ce mois-ci.

4

J'arrive au bar quelques minutes après l'heure fixée, mais coiffée. Je suis si pressée, distraite par l'introspection, que je ne vois pas le type debout contre le mur du Tasende, tête baissée, le dos un peu voûté. À mesure que j'approche, je vois ce qu'il regarde, une flaque entre ses pieds, jambes écartées, la bave qui coule de sa bouche. Je me dépêche, je lui prends le bras, le coude, comme on fait avec les aveugles.

— Vous allez bien ?

Il tarde à répondre, et alors sa voix résonne comme s'il venait d'avaler une limace vivante.

— Oui. Merci. Je vais très bien. Impossible d'aller mieux.

L'odeur acide me cingle le visage, me fait reculer. Je récupère comme je peux, je sors de mon sac un paquet de mouchoirs en papier et le lui tends ; il en prend un, essuie les commissures de ses lèvres, se redresse et respire, examine le revers de sa veste, lève la tête mais son regard m'évite, flotte au loin.

— Vous vous sentez vraiment très bien ?

Il tarde à répondre, sa voix continue à sortir comme obstruée par quelque chose de vivant.

— Excusez-moi, les situations honteuses me rendent sarcastique.

— Non, je ne crois pas que ce soit du sarcasme, juste de l'ironie.

— Quelle différence ?

— Je pense que vous êtes plus subtil que sarcastique. Venez, nous allons entrer et vous boirez un Coca frais. Il n'y a pas mieux pour les nausées.

Je le prends par le bras et il n'oppose pas de résistance, je le laisse passer devant comme un handicapé, je le suis et choisis la table, la chaise, il s'assied à la place que je lui indique. Il est pâle et a des cernes, il semble plus vieux et fatigué que la dernière fois, il me rappelle les animateurs du téléthon à la fin de la journée. Je commande son Coca. Vite, dis-je au serveur. Une minute plus tard, il est là, je remplis son verre.

— Respirez profondément et buvez lentement.

Une respiration, une gorgée, une respiration, une gorgée. Il me regarde.

— Vous vous sentez mieux ?

— Maintenant oui, vraiment.

Son costume, le même, semble encore plus grand que la dernière fois.

— On parle de ce qui nous intéresse, vous voulez bien ?

— Oui.

Il fait une pause, prend sa respiration, les yeux rivés au verre.

— Vous avez l'argent ?

— Oui, mais avant de parler argent, je voudrais poser quelques conditions.

Il décolle le regard de son verre, m'observe pour la première fois. Je vois ses pâtes d'oie, des vaisseaux rouges et bleus, la peau flasque. Il n'est pas vieux mais a l'âge où la vieillesse nous prend au dépourvu et par-derrière, elle ne nous saute pas dessus, non, elle nous percute progressivement avec son haleine, elle nous souille, un jour nous nous regardons dans la glace et la détérioration est là, nous découvrons qu'elle est là pour rester.

— Quelques conditions par rapport à Santiago.

— Par rapport à sa libération ?

Je pose mes paumes ouvertes sur la table, les doigts bien écartés, immobiles.

— Je ne veux pas que vous libériez cette canaille.

Les yeux de l'homme assis en face de moi cessent d'être des lignes, ils grossissent, s'arrondissent. Il me regarde sans ciller, pas un muscle de son visage ne bouge.

Je précise :

— Je vous demande de le faire disparaître.

Même sans consulter la pendule, je peux calculer que le silence dure quelques minutes, le temps s'éternise entre nous pendant que nous jouons au jeu des statues. Le premier qui bouge a perdu. Dix secondes, quinze, trente. On n'entend que le bruit de la rue, le bruit d'assiettes sur un plateau en métal. Quarante secondes.

Le garçon s'approche.

— Vous souhaitez autre chose ?

Aucun de nous deux ne répond ; l'homme attend un moment, il semble prêt à répéter sa demande mais il s'en va, peut-être croit-il que nous sommes sourds ou idiots, qu'il est inutile de répéter la question.

— Disparaître, cela veut dire mourir ?

Je garde le silence, je ne sais que lui dire, je cherche dans ma mémoire, mais j'ai oublié la réponse d'Úrsula lorsque je le lui ai demandé. J'appelle le garçon, je le vois arriver, je cède.

— Un sandwich chaud, s'il vous plaît.

Il acquiesce et regarde mon compagnon de silence.

— Monsieur va manger ?

— Non. Merci.

Je le regarde s'éloigner vers le comptoir et passer la commande, je commence à éprouver cette inquiétude qui ne s'apaise pas avec un sandwich, cette appréhension qui fait que tout le reste – le compte bancaire en rouge, les traductions non terminées et même les kilos qui s'accumulent – s'évanouit jusqu'à se diluer devant un gâteau au chocolat à la mousse *dulce de leche* et parsemé de noix.

— Garçon, dis-je en criant presque.

Il revient d'un pas fatigué, avec la grimace qu'il doit réserver aux impertinents.

— Je vais vous apporter le sandwich.

— Ajoutez-y un gâteau au chocolat fourrré de mousse *dulce de leche*. Et une portion de tarte aux pommes. Et un grand café bien serré.

Le regard, toujours le regard, le délai entre ma demande et la réponse.

— Tout ensemble ?

— Comme je vous l'ai demandé.

— J'arrive tout de suite. Monsieur ne prend rien ?

— Un petit croissant, juste pour vous accompagner.

Deux minutes plus tard, tout est devant moi ; je choisis de commencer par le sandwich afin de simuler un déjeuner tardif, je laisse le gâteau et la tarte de côté et, pour finir, tente l'indifférence, feins de m'alimenter et de ne pas avaler. Une bouchée, je mâche lentement le jambon et le fromage, je laisse le morceau de pain sur l'assiette, je mâche, je feins d'oublier, je le reprends lentement, en mordant légèrement. Je sens mes sucs gastriques s'agiter, ils jaillissent en torrent, s'entrechoquent, s'agglutinent, une lutte interne qui me paralyse. Je dois dominer mon organisme tyrannique, être plus forte. Une nouvelle bouchée, le sandwich carré diminue, je le laisse de côté. Je regarde le gâteau au chocolat, pose ma fourchette, en prends une petite bouchée, veillant à ce que la salive ne coule pas sur mon menton. La mousse m'inonde la bouche, me colle à la langue, le chocolat cherche les papilles gustatives, se dissout en salive, descend, descend dans la gorge et le plaisir explose dans le cerveau. Je coupe une nouvelle part de gâteau, plus grosse, plus vite, encore une bouchée, avec plus de mousse, plus de chocolat, qui m'envahit la bouche, puis une autre, et une autre. Je rapproche l'assiette maintenant presque vide, racle la mousse, lèche le couvert jusqu'à le laisser brillant, l'humidité s'accumule dans ma bouche et j'attaque le dernier morceau, le savoure, en jouis, je le promène entre palais, langue et gencives, tarde à l'avaler, et finalement je repousse l'assiette. Je m'attaque à la tarte, mâche, défais la pomme, la liquéfie, elle diminue, et encore une autre bouchée.

Je pose la fourchette, bois une gorgée.

Depuis quand a-t-il le regard fixé sur moi ? Je m'essuie la bouche avec une serviette en papier, la plie en deux, puis en quatre, m'essuie de nouveau. Bois une nouvelle gorgée.

5

Je mens éhontément.

— Je n'ai pas déjeuné.

— Oui, je vous vois manger de bon cœur.

— On revient au sujet ?

Il pâlit, serre les mâchoires. Une auréole brillante commence à se solidifier sur le revers de sa veste.

— Vous devez faire disparaître Santiago, il y a un million et demi pour vous.

— Un million et demi ?

— En liquide et en billets qui ne se suivent pas.

— Il vous a fait quoi ? C'est vraiment nécessaire ?

— C'est une ordure, il partait en voyage avec sa maîtresse, je l'ai découvert récemment, c'est pourquoi je l'ai quitté.

— Il a une maîtresse ?

— Oui.

— Bien sûr, c'est pour ça qu'il emportait autant d'argent.

— Beaucoup ? Où ça ?

— Oui, un demi-million. En Bolivie.

Je m'interroge : un demi-million ?

— Vous avez donc un demi-million de mon mari.

— Non, je ne l'ai pas. Il est resté dans le coffre de sa voiture, et mon ami, mon ex-associé, l'a pris.

— Quel associé ? Vous avez un associé, il y a une autre personne impliquée dans cette affaire ?

— Plus maintenant. C'est Sergio, mon ami, ou plutôt ex-ami, qui a tout organisé, il m'a laissé seul avec l'otage et il est parti avec le butin.

— Vous vous retrouvez donc sans argent et sans associé. Et avec mon mari.

— Je crois que oui. Et sans ami.

— Peu importe. Faites disparaître Santiago. Maintenant il y a un million et demi pour vous seul si vous acceptez ce travail.

Il prend le croissant par un bout, le regarde, le mordille et le repose sur l'assiette. Il a les yeux enfoncés comme un fruit qui commence à pourrir, le regard attentif et une grimace lui tord la bouche. Il met longtemps à répondre.

— Allez, vous n'avez plus rien à perdre. Et vous allez avoir du mal à vous en sortir seul.

— C'est vrai, mais je...

— Vous avez peur parce que vous ne me connaissez pas ?

— Je ne sais pas qui vous êtes ; tout juste que vous êtes une femme trompée. Je ne peux pas avoir confiance si je ne vous connais pas.

— Vous connaissiez votre ami, voyez ce qui s'est passé. Donnez-moi l'occasion de vous prouver que je peux être votre meilleure alliée.

— Je ne sais pas...

— Avez-vous le choix ? Réfléchissez, quelle autre option vous reste-t-il ? Soit vous acceptez mon aide, soit vous continuez à vous enfoncer tout seul.

Il reprend le croissant entre ses doigts, le fait tourner, son regard s'y perd.

— Marché conclu, dit-il d'un filet de voix.

— Comment vous appelez-vous ? Inventez un nom, si vous ne voulez pas me donner le vrai.

— Germán. C'est mon vrai prénom.

— Germán, vous faites très bien de me le donner parce que, écoutez-moi bien, maintenant nous sommes associés. Qu'en dites-vous ?

— C'est bien.

— Où est mon mari ?

— Je ne peux pas vous le dire.

— Ne sommes-nous pas associés ? Vous n'allez pas reculer maintenant.

Germán baisse la tête, se la prend entre les mains, puis la relève et regarde autour de lui en cherchant des réponses que ne lui fourniront pas les murs. Cela me fait de la peine de le voir si confus.

— Je ne peux pas, je ne peux pas vous le dire. Je ne vous connais pas, vous pourriez aller prévenir la police dès que vous auriez le renseignement. Disons qu'il est dans une maison à l'extérieur de la ville. Dans un endroit sûr.

— D'accord, Germán, d'accord, ne me dites rien pour l'instant.

Vous avez de bonnes raisons de vous montrer prudent. Autre question importante, vous avez une arme à feu ?

Je l'observe, il a la respiration coupée, regarde ses mains, sa tête s'est enfoncée au point de ressembler à une poupée russe. Une tempête semble lui parcourir l'esprit, il promène le regard sur la pizzeria et irradie ce désir nerveux d'être ailleurs.

— J'ai un revolver que m'a donné mon ex-associé.

— Calibre ?

— Gros, un .38, je crois.

— On s'en sert pour tuer les éléphants, Germán.

— Vous croyez ?

— Oui. Où l'avez-vous mis ?

Il lève la tête mais ne me regarde pas, ses yeux se perdent sur un point situé derrière moi.

— Où, Germán ?

— Dans la maison où je retiens votre mari. Je ne comptais pas m'en servir, je l'ai pris au cas où. En fait, je ne sais même pas tirer.

— Où est-il ?

— À côté du lit, il y a une table de nuit ancienne avec un tiroir. Il est là. Pourquoi voulez-vous le savoir ?

— Vous gardez Santiago attaché ?

— Oui.

— Avec une cagoule sur la tête ?

— Non. Si. Enfin, je lui ai bandé les yeux.

— Écoutez, vous devez le liquider et me rapporter une preuve.

Coupez-lui un doigt et rapportez-le moi. Une femme sait distinguer le doigt de son mari de celui des autres.

Germán se lève précipitamment, la chaise tombe. Je suppose qu'il va aux toilettes. Il y a urgence. Il m'a semblé voir son visage virer au gris en l'espace d'une seconde. J'entends la porte claquer et des sons de gorge étouffés.

Dehors, la nuit tombe et on suffoque comme dans un tunnel. Tout te fait suffoquer, dit papa, les kilos te font suffoquer. Fous-moi la paix, vieux con, tes paroles ne me touchent plus parce qu'une overdose de narcotiques t'a mené à la tombe d'où tu ne ressortiras jamais. Je réfléchis. Écoute, tu m'as donné une idée, mon petit papa, je crois que je sais déjà ce que je dois faire : le Somnium à effet différé.

Je cherche dans mon sac. J'en ai. Je compte les gélules. Trois, quatre, ça ira.

Je ne crois pas dépasser la dose, il peut dormir une journée entière. Maintenant il suffit de les ouvrir, voilà, comme ça, et d'en verser le contenu dans le verre de Coca, voilà. Allez Úrsula, grouille, dépêche-toi il va revenir, voilà, comme ça, et ensuite on remue bien avec le doigt, voilà, c'est ça, fais attention au serveur, et maintenant c'est prêt à boire.

Mon associé revient peu après, à nouveau imprégné de cette odeur acide de vomi.

— Vous avez mauvaise mine. Buvez du Coca, ça va vous faire du bien.

Il garde les pupilles rivées au néant. Il obéit, boit. Je regarde son expression. Il pourrait remarquer un goût amer mais l'attribuerait à sa propre bile. Il boit la moitié du verre puis le repose.

— Buvez-en encore un peu, vous vous sentirez mieux.

Il finit son Coca à petites gorgées. Je vois de petits points blancs qui restent au fond du verre. Je me dépêche de le remplir de nouveau.

— Buvez, buvez, ça va vous faire du bien.

Il s'exécute.

— Alors c'est décidé, vous savez ce que vous avez à faire. Ne traînez pas.

— Je ne vais pas traîner, dit-il dans un murmure, et il remonte son col comme s'il faisait froid.

De la rue provient le bruit de klaxons et d'embouteillages, le bruit de la fin de la journée, les voix des gens pressés. Je fais face aux yeux enfoncés, cernes noirs, du visage las de Germán.

— Avez-vous une relation avec un autre homme ? C'est pour cela que vous vous êtes séparée de votre mari ?

De quoi il parle, de quel mari il me parle, je suis célibataire. Au moment où je vais lui poser la question, je me rappelle qui je suis, je me rappelle que je suis l'autre, l'autre Úrsula.

— Non, je n'ai aucune relation.

— Excusez-moi, je crois que je suis indiscret.

— Pas de problème. Non, je n'ai pas d'autre relation. Aucune. Mes occupations me suffisent. Je travaille, et puis je suis… une sorte de cours.

— Vous faites des études ?

— Pas exactement. Ce sont des thérapies collectives, de dépassement, de survie.

Il ne dit rien. Il me regarde. Je regarde le verre, les particules blanches se sont dissoutes dans le reste du liquide, aucune trace du Somnium qui doit commencer à faire effet. Je dois accélérer le mouvement ou alors il va s'endormir sur place.

— Oui, autosuggestion, optimisme. Vous voyez.

— Oui, bien sûr.

— Non, vous ne comprenez rien parce que ce que je dis n'est pas clair.

— Non, ne vous inquiétez pas.

— Oui, c'est que je ne vous dis pas la vérité, ou alors pas toute.

— Quelle vérité ?

— J'ai honte de dire que je me rends aux réunions des Obèses Anonymes. Le lundi et le jeudi.

— C'était ça ? Moi aussi, j'y allais, avant de rentrer en Uruguay.

— Vous ? Ne me faites pas rire.

— Il y a trois ans encore, j'étais obèse.

— Vous étiez obèse, vous ? Je ne vous crois pas.

Je regarde la veste qui flotte sur lui, le col de la chemise qui plisse.

— Et d'où êtes-vous rentré ?

— D'Espagne, il y a un peu plus d'un mois. J'ai vécu à Barcelone pendant plus de vingt ans.

— Comment avez-vous fait pour rester aussi mince ?

— Ma femme m'avait quitté, j'ai fait une très longue dépression qui s'est manifestée par de l'anxiété orale. Au lieu de m'adonner à la boisson, comme tant d'autres, je me suis jeté férocement sur la nourriture.

Ma hâte à presser les événements s'évanouit en l'air à cause de mon intérêt pour le sujet. Je reste suspendue à ses dernières paroles : « Je me suis jeté férocement sur la nourriture. »

— Je mangeais plus d'un kilo de pain au petit déjeuner avec de la charcuterie et du fromage, j'avalais presque deux litres de soda, des friandises, du chocolat. Mon déjeuner était plus frugal parce que, au travail, je n'avais qu'une demi-heure. L'après-midi, le désespoir me poussait à me remplir les poches d'aliments que je pouvais avaler en douce, dans un couloir, voire aux toilettes, des choses que je pouvais sortir de ma poche, mordre, mâcher et ranger à nouveau. J'en étais arrivé à transporter des sachets contenant des tranches de saucisse, des olives, des biscuits, jamais je n'étais rassasié, je grignotais dans l'ombre et personne ne me voyait. Ensuite, je me vengeais de cette clandestinité au dîner, mangeais un poulet entier, un filet de porc, dix milanaises. Ça m'a permis d'oublier Dolores, au détriment de ma santé, bien sûr. Puis est venu le cholestérol, ma tension s'est envolée, l'acide urique m'empêchait de marcher, j'ai frôlé le diabète ; alors les médecins m'ont posé un ultimatum. Ils m'ont fait une chirurgie bariatrique, ont réduit mon estomac à un petit réceptacle, et c'est comme ça que j'ai cessé de trop manger. Vous savez combien je pesais ? Plus de cent quarante kilos.

— Et vous avez autant maigri, aussi facilement ?

— Oui, cette opération m'a sauvé, mon estomac ne pouvait plus ingérer tous ces aliments, j'étais rassasié d'un demi-biscuit, d'un tiers d'œuf dur. Les vagues de la dépression les ont incités à me donner un traitement, et les antidépresseurs m'ont ôté l'appétit. Le processus a été long, difficile, je me suis senti mourir, j'ai même effectué plusieurs séjours dans une clinique psychiatrique.

— Maintenant, vous avez l'air en forme.

— Oui, mais avant ça, il y a eu trois années de post-op, de thérapie, médicaments, antidépresseurs. Depuis quelques mois, je vais mieux.

— Vous êtes aussi guéri de votre mal d'amour alors ?

— Seulement de l'état dépressif. Je vais vous dire une chose, il regarde autour de lui comme pour que je l'écoute plus attentivement. Avant mon opération, j'ai croisé mon ex-femme dans une rue proche du port, près de l'endroit où nous avions vécu. Nous nous sommes arrêtés, salués, avons bavardé pendant quelques minutes. Elle parlait et je ne pensais qu'à un pâté de canard que j'avais dans mon porte-documents, que je mangerais sur des toasts à l'origan ou sur du pain de seigle. Je crois que je suis parti sans la saluer quand j'ai vu arriver le bus qui allait me ramener chez moi vers mon pâté de canard.

— Et votre épouse, elle ne vous aimait plus ?

— Elle ne voulait plus entendre parler de moi. Elle m'a quitté pour un autre.

— À l'évidence ce n'était pas une femme pour vous.

— Je me dis toujours qu'elle ne l'a peut-être jamais été. Un ami m'accuse de toujours dire le mot juste au bon moment à la mauvaise femme.

Je sursaute. De qui il parle, de moi ? Aurait-il découvert que je suis la mauvaise femme ?

— Il faut partir. J'ai un peu peur de m'embarquer dans cette aventure, dis-je.

Je ne sais pas très bien pourquoi, peut-être par solidarité avec son regard perdu, j'ajoute :

— Vous avez peur ? Moi aussi, très. J'ignore pour quelle raison, mais sachez au moins que vous ne devez pas avoir peur de moi. Vous êtes très aimable, vous m'encouragez, vous me donnez de la force. Et puis maintenant, nous sommes associés, et vous savez, jamais je ne vous trahirais.

— Vous le jurez ?

— Je le jure.

— Merci, je me sens mieux. Moi non plus je ne vous trahirai pas. Maintenant allons-y, demain vous m'appelez et nous nous retrouverons comme aujourd'hui.

Pauvre type, il n'a pas besoin d'avouer quoi que ce soit, je peux sentir la peur sur sa chemise qui bâille. J'ai envie de lui caresser les cheveux, de lui verser du Coca.

Nous nous séparons. J'achète un yaourt écrémé pour la route et je sors du bar ; à travers la vitre, je vois qu'il paie la note. J'ai besoin d'aller aux toilettes, mais pas de temps à perdre, Germán ne va pas tarder à sortir. Pauvre Germán, c'est un faible. Non, pas pauvre, les faibles entraînent les autres sur la pente de leur faiblesse, comme toi, papa, qui as toujours été un instrument entre les mains d'Irene. Pauvre Úrsula. Je n'éprouve pas de peine, non, la sueur et les tremblements de Germán m'énervent.

Je ferais mieux de me dépêcher, je dois encore aller acheter une boîte de gants en latex à la pharmacie d'en face.

6

Par une nuit sombre et pluvieuse, sur un chemin secondaire désert, une voiture suit une camionnette à distance.

Le poursuivant roule tous feux éteints pour n'être vu ni par le conducteur du véhicule qui le précède ni par les voisins qui sortiraient par ce temps maussade, précaution sans doute inutile car la visibilité est nulle et l'individu suivi certainement absorbé par ses pensées.

Et toi, Úrsula, tu es au volant de la voiture qui roule dans l'obscurité, la voiture qui suit la voiture.

Concentrée, tous tes sens mobilisés pour ne pas perdre le véhicule de vue ni ton objectif et ne pas foncer dans un arbre, en luttant contre l'envie féroce d'engloutir la barre de céréales qui se trouve dans ton sac et le chocolat que tu as acheté au kiosque du coin de ta rue, celui qui vend les *alfajores* des sierras de Minas. Mais tu sais que tu ne peux rien manger, pas question de te laisser distraire, Úrsula, sinon tu vas finir dans un fossé plein d'eau ou fracassée contre le tronc d'un margousier.

Toi, Úrsula, et ton envie pisser que tu retiens en serrant les jambes, sentant grandir une rage qui s'agite dans un coin de ta tête. À cause du brouillard, tu vois à peine les lumières des maisons de plus en plus éloignées, tu as du mal à distinguer les bords du chemin. Ne te laisse pas distraire un seul instant, n'essaie pas de regarder la couleur du toit de cette petite maison que tu devines davantage que tu ne la vois sur la droite du chemin, ne te demande pas si cet aboiement provient d'un berger ou d'un laboureur, non. Reste attentive à la route, Úrsula, et à ta rage.

Là devant, c'est Germán. Même si tu ne le vois pas – et la voiture non plus d'ailleurs, tu te guides tout juste au bruit du moteur –, tu sais qu'il est pris dans ses pensées, qu'il serre le volant à deux mains, pour éviter les ornières, une, deux, ne pas tomber dans la troisième, ce chemin est impraticable, putain, je vais casser un essieu, mais tu sais qu'il continue parce qu'il doit continuer, il le sait, comme tu sais que, tôt ou tard, sa volonté va céder. Quelle colère, Úrsula, à la pensée que tu vas finalement devoir t'en charger. Fais gaffe, un puits sans fond te secoue avec violence, ne va pas te faire dessus, serre encore un peu les jambes, contracte tes muscles, concentre-toi, ne pense pas à l'oiseau de nuit que tu as entendu il y a un instant, à ce vélo que tu as dépassé il y a dix minutes quand on voyait encore des gens, parce que maintenant on ne voit plus personne depuis que tu as dépassé ce SDF sous un lampadaire, qui a ouvert des yeux indifférents sous la pluie. Toi, Úrsula, respire profondément et serre les jambes. Il n'y a plus une âme maintenant, juste des champs cultivés et des maisons éparses, un chemin boueux ; une camionnette roule devant et une voiture tous phares éteints, deux cents mètres derrière. La ville s'est espacée jusqu'à ce qu'il ne reste plus que la campagne, une petite villa en brique sous la pluie déchaînée qui punit le monde.

Et toi, Úrsula, tu penses à Germán et tu sens que tu perds ton calme, que cette chose grande et dense se développe ; un tremblement te secoue, d'abord les mains, puis le corps. Toi, Úrsula, tu imagines sans difficulté sans tristesse sans pitié le drame de cet homme qui conduit, se mouche et tente d'éviter les ornières, ne pas dévier du sentier en piteux état; l'homme qui, cet après-midi déjà, commençait à dégager une odeur rance de transpiration due à l'angoisse, aux vêtements élimés et au manque de sommeil, sans compassion tu imagines qu'il conduit le mouchoir dans une main, tourmenté par le remords, la crainte ou une ombre.

Tu penses: ce qu'il a porte un nom. La peur. Tu le sais, Úrsula, tu la reconnais. Elle parcourt le corps, mouille les vêtements, sent mauvais, une sensation de vipère qui se tord dans l'estomac.

Tu vois tourner les phares de la camionnette, elle s'engage dans une entrée à droite du chemin, tu devines au loin les cyprès que tu n'as jamais vus et tu t'arrêtes, tu coupes le contact, tu ouvres la portière et tu te lances dans la nuit sous la bruine qui a faibli. Vite, tu fais le tour du véhicule, tu baisses ta culotte, tu t'accroupis et tu sens le soulagement que procure la miction, tu urines avec fureur sur la terre, le liquide chaud gicle et soulève un nuage, tu soupires, souris et regardes en direction de la maisonnette entre les cyprès tandis que le jet tout puissant finit dans la boue.

Tu retournes à la voiture et refermes la portière.

Cette grande main qui s'empare d'une barre de chocolat, c'est la tienne, Úrsula. Tu ôtes l'emballage, tu le froisses et tu le jettes dans un petit sac pour les déchets, tu mords doucement et le goût sucré t'envahit, te tapisse la bouche, descend dans ta gorge. Une autre bouchée, une autre, tu mâches, savoures. Il serait temps de t'arrêter, mais tu en prends une autre. As-tu besoin de plus de chocolat ? Mais oui, Úrsula, un peu plus ne te fera rien. Tu déchires le restant de papier, un coup de dent emporte un énorme morceau que tu engloutis et un jus marron commence à couler par la commissure de tes lèvres, descend le long de ton cou et poisse ton chemisier juste avant que tu aies fini. Tes doigts tremblent, Úrsula, fouillent à l'intérieur de ton sac et en ressortent avec la barre de céréales avec laquelle tu te bats avec fureur, tu arraches le papier avec les doigts et les dents, tu l'introduis dans ta bouche et tu mords, mords, mords jusqu'à ce que tout soit à l'intérieur. Tu avales, et quand il ne reste plus rien, tu te lèches les doigts, te pourlèches, tu restes un instant ainsi, contrariée, jusqu'à ce que tu reviennes à la réalité et nettoies les taches sur ton chemisier avec un mouchoir.

Il y a une colline, un bois sur un côté, sur un petit chemin latéral, tout juste une ombre. Tu allumes le moteur et tu conduis prudemment avant de laisser la voiture sous le buisson d'épines qui la recouvre.

Et toi maintenant, Úrsula, tu sors sous la pluie.

7

— Hé ho, c'est vous ? Vous voilà enfin. Vous ne savez pas ce que c'est que de rester des heures dans le noir, attaché. L'esprit ne se repose jamais. J'ai cru que vous alliez me laisser là, que j'allais mourir de faim. Répondez-moi, s'il vous plaît.

— Je ne vous ferais pas ça.

— Oui, vous le dites maintenant. Mais si cet après-midi vous aviez eu un accident ? Si vous aviez été renversé par une voiture ? Été victime d'un infarctus ? Qu'est-ce que je serais devenu ici, attaché ? Imaginez mon sort.

— Je suis fatigué et je tombe de sommeil. Voyez, je n'ai eu ni accident ni infarctus, je suis en vie.

— Pas d'ironie, je ne peux pas vous voir. Si vous saviez l'après-midi que j'ai passée. L'angoisse. Sans parler des nerfs. Attaché, les yeux bandés, sans entendre un seul autre bruit que celui des oiseaux et une voiture au loin. Et puis j'ai besoin d'aller aux toilettes.

— Je vais vous y emmener d'ici un moment. Excusez-moi, je ne veux pas en rajouter. Vous avez faim ?

— Je suis ankylosé, j'ai mal aux jambes et aux bras. Regardez, je dois avoir des marques horribles à cause des cordes. Pourquoi ne les relâchez-vous pas, juste un instant ?

— Je vais le faire. Je suis désolé.

— Vous êtes toujours désolé. Votre collègue est arrivé ?

— Non.

— Vous l'avez appelé, comme je vous l'ai demandé ?

— Oui.

— Et ?

— ...

— Allez, répondez.

— Son téléphone est éteint ou alors il ne répond pas. Je ne sais pas.

— Alors c'est ça. Il est parti avec mon argent, a pris un avion et maintenant allez savoir où il est, en train de boire du champagne et de trinquer à votre santé et à la mienne.

— Je crois que vous avez raison, oui. Mon ami, ou ex-ami, est parti avec l'argent qu'il y avait dans votre voiture.

— Évidemment, c'est quelqu'un qui savait que je l'aurais avec moi.

— Ou alors il l'a trouvé en fouillant dans le coffre.

— Difficile à savoir, du moins pour l'instant. Mais si c'est comme je vous le dis, je dois penser à quelqu'un de mon entourage proche.

— ...

— Que faites-vous ?

— Ce que vous m'avez demandé, je relâche les cordes un moment. Étirez les jambes. Je vais vous emmener aux toilettes.

— Eh bien, de toute façon vous vous êtes fait baiser, l'autre a emporté le butin et il vous a laissé avec la preuve du délit, à savoir moi.

— ...

— Et maintenant vous êtes seul, non ? Parlez !

— Non. Pas à ce point-là. Maintenant, j'ai un autre associé. Levez-vous lentement, comme ça je vous emmène aux toilettes.

Faites attention, ne me lâchez pas. Allez, vous pouvez vous soulager.

— Aaaaah.

— Vous avez terminé ?

— Oui.

— Repartons, alors.

— Je vois. Vous vous êtes retrouvé sans associé et vous êtes sorti vendre la peau de l'ours. C'est pour ça que vous m'avez laissé là, enfermé, bâillonné et ligoté durant tant d'heures. Au risque que je meure de faim, abandonné à mon sort dans un lieu éloigné du monde.

— Je vous ai déjà dit que j'étais désolé.

— Oui, oui, vous êtes toujours désolé. Vous êtes le ravisseur le plus aimable sur lequel j'aurais pu tomber.

— Vous voulez une *empanada ?* Il y en a pour deux, à la viande pimentée.

— Je n'aime pas le piment, et puis je n'ai pas faim.

— Vous n'avez rien mangé depuis ce matin.

— Je ne suis pas en état de profiter du menu que vous me proposez.

— Vous disiez que vous risquiez de mourir de faim ?

— ...

— Je vous comprends, moi non plus je n'ai pas faim.

— Quand cela va-t-il finir ? Si votre associé a emporté la mallette, j'imagine que vous avez dû rencontrer Úrsula pour lui réclamer plus d'argent.

— Quelque chose comme ça. Cela n'a aucun sens de vous le cacher, je suis en pourparlers avec elle.

— Úrsula ne versera pas un sou pour moi, je vous le garantis.

— Qu'est-ce qui vous fait dire ça ? Moi, je crois qu'elle va payer.

— Elle me déteste, elle a un amant, une autre relation.

— Elle a une relation ? Un amant ? Je ne vous crois pas.

— Bien sûr. Elle est partie avec lui, elle ne veut plus entendre parler de moi.

— Elle n'a pas d'autre relation.

— Si. Qu'en savez-vous, vous la connaissez bien, peut-être ?

— Santiago, j'ai quelque chose à vous dire.

— Allez-y.

— Je vous relâcherai bientôt, mais il va falloir songer à sortir du pays.

— De quoi voulez-vous parler ?

— De toute façon, vous comptiez partir en voyage, vous alliez à l'aéroport.

— Oui, je devais faire un voyage en Bolivie. Pour affaires.

— Maintenant vous allez devoir prolonger votre séjour à La Paz, ou n'importe où ailleurs.

— Vous me demandez de prolonger mon séjour ? Je ne comprends pas, pourquoi, pour combien de temps ?

— Pour toujours, c'est beaucoup demander ? Disons pour quelques années.

— ...

— Vous m'entendez, Santiago ? Vous devez sortir du pays et ne pas y revenir, du moins un bon bout de temps.

— Vous êtes fou. Comment comptez-vous m'empêcher de revenir ?

— Je ne sais pas, je ne sais pas, je dois encore réfléchir à certains points, et maintenant j'ai vraiment sommeil.

— Vous m'attachez de nouveau ? Non, je vous en prie, laissez-moi libre un instant, regardez, regardez mes poignets et mes chevilles, ils sont à vif. Vous venez juste de me détacher.

— Je suis désolé, je vais me coucher, je dors debout et je ne peux pas vous laisser détaché.

— Juste un moment.

— Bonne nuit.

— Attendez. Au moins, relâchez un peu les cordes. La douleur me torture. Comme ça, un peu plus, allez, qu'est-ce que ça vous coûte ? Ah, merci.

8

Brouillard et froid. Humidité qui pénètre dans la voiture malgré la portière fermée. Sale nuit.

Je descends du véhicule, mets un pied dehors avec la sensation électrisante de sceller un pacte inavouable et sans retour possible. Je sors en veillant à ne pas faire de bruit même si je sais que c'est inutile, personne ne sortira de la maison à cette heure et par ce temps, personne ne s'approchera de cet endroit éloigné. Un pas puis un autre dans la boue, un clapotement désagréable, qu'est-ce que je ne donnerais pas pour un bain chaud, ôter mes chaussures mouillées, changer mes vêtements qui commencent à être trempés par la transpiration, dormir quelques heures dans un lit propre. Maudite boue qui colle aux semelles !

Je marche. La nuit est pleine d'ombres, de reflets, un bruit de pluie qui ressemble parfois à un monstrueux murmure. Le brouillard fait surgir des fantômes de chaque tronc d'arbre.

J'avance sur le chemin, je me guide à la lumière de la maison, encore lointaine.

Il n'y a pas de cyprès dans l'entrée comme je l'avais imaginé, mais des chênes, du moins je le crois parce que l'obscurité ne me permet pas une analyse botanique de la flore. Je tourne à droite et m'engage sur le bord d'un sentier négligé où l'on aperçoit des traces de pneus récentes ; plus loin, cachée derrière quelques arbustes, je distingue la camionnette garée à côté d'une petite maison au toit en tôle, modeste, précaire. Une lumière, deux, je souris. J'avance.

La pluie ne me gêne plus, elle coule sur mon visage, la boue ne m'empêche plus d'avancer. La tempête a faibli et je progresse légère, agile, prête, m'approche de la maison sans hâte ni bruit, traverse le jardinet plein de mauvaises herbes hautes.

Il est à l'intérieur, je le sais, ce n'est pas difficile de l'imaginer, de composer son portrait, visage las, vêtements froissés ; je l'imagine assis à une table, en train de manger un sandwich et de tenter de lire le journal ou d'écouter peut-être la radio, d'attendre patiemment d'être vaincu par la somnolence, que le sommeil le libère de la peur pendant des heures. Dors, Germán, dors, Úrsula vient prendre l'affaire en main. Je me sens joyeuse, des ailes aux pieds qui avancent dans la boue qui colle, foulent des feuilles pourries, des fleurs fanées, une saleté de plusieurs années.

Je contourne la maison, si petite qu'il ne me faut pas longtemps. Il n'y a pas de lune pour éclairer le ciel ni d'autre lumière sur la terre que celle qui vient de la fenêtre. J'avance avec précaution, presque avec joie. Mon corps me demande d'entrer et je lui demande de la patience, de la patience.

Je m'approche un peu, juste un peu, le soupirail est sale et on n'y voit pratiquement rien, dans l'ombre j'essaie de distinguer les formes à travers la crasse accumulée, à l'intérieur une lumière lugubre pend d'un câble, j'attends, je laisse mes yeux s'habituer, repère un fauteuil informe ou peut-être défoncé, et commence à distinguer plus nettement les volumes d'une forme humaine assise. Je m'éloigne, je ne veux pas être vue, je ne suis pas pressée. Je fais deux, trois tours, explore le terrain, il y a une porte devant et une autre derrière que je n'avais pas vue.

Je ne sens plus la bruine et mes chaussures mouillées ne me dérangent plus, une joie monte de mes entrailles et me traverse. La confiance émerge de la mer d'hésitations anciennes.

Je trouve une pierre et m'assieds pour attendre.

Les lumières s'éteignent ; une, puis l'autre.

Une heure s'écoule, il est déjà minuit. Silence. Juste la bruine qui mouille et me mouille.

Laisse-la tomber.

Je sors une paire de gants en caoutchouc de ma poche, enfile le droit, l'ajuste, regarde les cinq doigts d'un blanc bleuté, puis j'enfile le gauche.

Je me dirige vers la maison.

SEPTIÈME JOUR

1

— Allô, allô, la police ? C'est une urgence.

— Lieutenant Mariana Magariños, bonsoir, en quoi puis-je vous aider ?

— Lieutenant, je suis retenu contre ma volonté, j'ai besoin que vous m'envoyiez une patrouille, tout de suite.

— Vous êtes retenu ?

— Séquestré, pour être plus précis.

— Actuellement vous êtes enfermé ?

— Oui.

— Je ne vous entends pas bien, parlez plus fort !

— Non, impossible, mon ravisseur est tout proche. Là, il dort, j'ai pu relâcher les cordes qui m'entravaient les mains et enlever mon bâillon, et j'ai pris son téléphone, mais il peut se réveiller à tout moment.

— Calmez-vous, monsieur. Comment vous appelez-vous ?

— Santiago Losada.

— Vous êtes blessé, Santiago ?

— Non. Mais dépêchez-vous.

— Il y a quelqu'un près de vous ?

— Non, pas là.

— Combien de personnes y a-t-il dans la maison, à part vous ?

— Un seul homme. J'en suis sûr.

— Cette personne est-elle armée ?

— Je ne sais pas, je n'ai pas vu d'arme.

— Entendu, restez calme. J'ai déjà prévenu une patrouille.

— Comment voulez-vous que je me calme ? Je suis séquestré et en danger, vous comprenez ? S'il me surprend au téléphone, ça va mal finir.

— Dites-moi si vous savez où vous vous trouvez.

— Je n'en suis pas sûr.

— Vous ne savez pas ? Vous pouvez nous fournir des informations sur l'environnement ?

— Pas vraiment, je sais que je suis à la campagne.

— Vous êtes dans une maison ? Un hangar ?

— Une petite maison au toit en tôle. Modeste, ancienne et abandonnée, je dirais.

— Vous pouvez vous approcher d'une fenêtre et me dire ce que vous voyez ?

— Je ne vois rien, tout est très sombre et en plus il pleut. Mais ce téléphone est équipé d'un GPS et j'ai pu localiser la maison sur une carte.

— Tant mieux. Vous avez les coordonnées ?

— 35 Sud, 43 Ouest. Et un nom de rue, Camino del Quebrado.

— Monsieur, restez en ligne... Attention, unité mobile, attention. Enlèvement d'une personne de sexe masculin, Santiago Losada, retenu contre sa volonté. Une unité mobile à Camino del Quebrado. Je répète : Camino del Quebrado. Coordonnées fournies par un GPS : 35 Sud, 43 Ouest. Nous avons tracé l'appel. Le ravisseur présumé dort. Possibilité d'armes dans la maison. Un logement précaire, ancien. Pas d'autres données pour l'instant.

— Vous partez maintenant, lieutenant ?

— Santiago, trois patrouilles sont en chemin et nous attendons la brigade des enlèvements en renfort. Ne faites pas de bruit, ne bougez pas. N'essayez pas de vous échapper, pas de mouvements inutiles.

— Vite, s'il vous plaît.

— Nous sommes en train de localiser l'appel, c'est une question de minutes.

— Vite, il peut se réveiller.

— Vous êtes près du ravisseur ? Je veux dire, il est dans la même pièce que vous ou dans une autre ?

— Non, il dort dans celle d'à-côté.

— Bien. Ne bougez pas, restez où vous êtes. Restez calme. Et tenez-vous à l'écart des portes ou des fenêtres.

2

Une heure trente.

Maintenant.

Je marche légère, comme si je flottais, libérée des angoisses ou de la nervosité. Ça se passe dedans. Il est facile de les imaginer, de définir les contours de l'homme endormi dans un lit sans dossier ni draps, qui dort très profondément, tout habillé ; les vêtements de l'homme attaché et bâillonné sont sur une chaise ou un fauteuil, peut-être dort-il mais qu'importe, bientôt il dormira, et pour toujours.

La nuit sans lune est sans ombres, tout est uniformément obscur, il fait aussi noir à l'intérieur qu'à l'extérieur de la maison. Cette maison où je vais entrer.

Je savais que la porte serait ouverte. Comment ? Je l'ignore, une intuition. Je retiens ma respiration et la pousse, elle s'ouvre dans un grincement éteint, complice, tout de suite absorbé par le bruit de la pluie qui, à ce moment précis, se fait bruyante.

Une atmosphère tiède, âcre et poussiéreuse, m'enveloppe – odeur de saleté ancienne, de renfermé remontant à des années, de meubles vermoulus, d'insectes desséchés, de papiers jaunis, de rongeurs et d'oiseaux décomposés – me frappe au visage. Je souris, ferme la porte derrière moi et entre dans la maison à l'odeur sépulcrale.

J'attends que mon corps s'habitue à l'atmosphère oppressante. Que mes yeux s'accoutument à l'obscurité la plus profonde, distinguent le noir du noir, je regarde autour de moi, ferme les yeux à demi ; les volumes indécis prennent forme : là, une table pourvue d'une radio, un paquet de maté, un plateau qui semble contenir de la nourriture, plus loin un lit tel que je l'avais imaginé, sans dossier. Et Germán, inerte comme un mort à l'exception du ronflement qui fait vibrer la maison. À côté du lit, une table de nuit avec un tiroir.

J'avance un pied devant l'autre avec l'agilité d'un chat, et le fracas de la pluie dévore le bruit de mes pas sur le plancher que j'imagine vermoulu.

J'essaie d'ouvrir le tiroir en silence, mais il se bloque avec un bruit de meuble bancal, je détourne le regard pour observer Germán, qui cesse de ronfler, frémit et prononce quelques mots décousus avant d'émettre un nouveau ronflement prolongé. Je réessaie en prenant davantage de précautions. Je tire et cette fois le tiroir sort, glisse sans bruit et sans difficulté.

À l'intérieur, le revolver.

Je le prends soigneusement entre le pouce et l'index, cette fois pas besoin de mouchoir, m'en saisis, vise Germán qui dort comme un enfant assoupi, comme un type drogué, tranquille. Du calme, Germán, fini les nerfs et l'angoisse, maman est là pour s'occuper de tout.

Je lui caresse le front avec le canon, je baisse l'arme et la cale bien dans ma main droite.

3

— Allô, allô.

— Qui est à l'appareil ? C'est toi, mon amour ? Enfin.

— Oui, c'est moi.

— Je ne t'entends pas, parle plus fort.

— Je ne peux pas. Écoute-moi bien, j'attends la police.

— Où ça, où es-tu ? Oh mon Dieu, quelle joie.

— Ne parle pas, écoute-moi, s'il te plaît.

— Je n'entends presque rien. Comment vas-tu ? Parle plus fort.

— Oui, je vais bien, mais je ne peux pas parler plus fort.

— Mon chéri, je suis si émue.

— Je suis séquestré, attaché.

— Quoi ? Je ne t'entends pratiquement pas, parle plus fort.

— Je ne peux pas, je t'ai dit, on me retient prisonnier. À côté, il y a ce type, celui qui me garde. Mais là il dort comme une souche, tu n'imagines pas à quel point.

Ton ravisseur ? C'est dangereux, sors tout de suite.

— Non, je ne peux pas.

— Pourquoi tu n'en profites pas pour t'échapper s'il dort à poings fermés ? Mon amour, sors en courant de la maison.

— J'ai les pieds entravés et ne peux faire que quelques pas. Je n'irais nulle part. Pour le peu que j'en vois par la fenêtre, ici c'est la campagne, je n'arriverais même pas à la route. J'ai pu me libérer les mains, relâché les cordes et me rendre dans la pièce où il dort et je lui ai pris son téléphone. Ce que ce type ronfle !

— Tu lui as pris son téléphone ?

— Oui, j'ai appelé la police il y a un moment.

— Tu sais où tu es, alors ?

— Plus ou moins.

— Comment ça, plus ou moins ?

— Il y avait le GPS sur le téléphone, je me suis connecté et j'ai trouvé quelques données. Mais la carte n'est pas très précise, on voit à peine une rue.

— Donne-les moi vite. J'arrive.

— Non, ne t'expose pas, ça peut être dangereux.

— Je veux venir, s'il te plaît.

— Et ton mari ?

— Qu'il crève ! De toute façon il l'aurait su quand je serais venue te rejoindre. Tu ne sais pas ce que cette attente a représenté pour moi. J'ai annulé mon voyage parce que tu n'arrivais pas. J'ai eu peur que tu sois mort.

— Ne t'inquiète pas, ma chérie, tout va bien aller.

— Donne les coordonnées et je viens.

— Camino del Quebrado, dit le GPS.

— Camino del Quebrado ? Je n'en ai jamais entendu parler.

— Moi non plus, mais c'est ce qu'indique la carte.

— Elle est fiable ?

— Je ne sais pas, je ne vois pas ce que je peux faire pour en être sûr.

— La police est pas encore là…

— Classique. Assassinats, overdoses, suicides, vols, ils sont débordés. Ce n'est qu'un enlèvement pour eux.

— Moi je viens, mon amour, ne désespère pas.

— Attends, il y a un bruit.

— Le type se réveille ?

— Je ne sais pas.

— C'est dangereux, échappe-toi comme tu peux, réfugie-toi quelque part.

— Non, la police m'a dit de rester tranquille. Je vais m'asseoir et faire semblant de dormir. Ils vont arriver.

— Fais attention à toi, mon amour. Je pars. Camino del Quebrado, c'est ça ?

4

La culasse du .38 est poreuse et froide, elle me brûle la main, bouge, tangue. Je la serre et la relâche, ma main l'étreint et la laisse comme un amant avec lequel elle essaie de se familiariser. Elle la tâte, la caresse, la soulève, porte l'arme jusqu'à mes lèvres et appuie le canon, je sens le froid du métal dans ma bouche, près des dents. Je l'embrasse.

Le revolver réclame de l'action, je lui dis d'attendre, je ne peux pas me distraire de mon objectif. Là, juste devant moi, la porte close qui communique avec l'autre pièce.

La porte qui ne profère pas même un murmure. Silence total. Obscurité totale. J'attends, renifle la sueur, l'urine, le sang, et sous l'odeur de corps sale, un peu un parfum de cuir, santal et ambre serrés sous la crasse. Je pousse l'obscurité et marche, brise les ténèbres, les yeux mi-clos jusqu'au moment où je distingue une ombre plus sombre, plus dense, une forme humaine, ombre penchée, allongée dans le fauteuil déjà aperçu par la fenêtre, et là une trace blanche, peut être un bras. Oui, cuir, santal et ambre sous toute cette porcherie humaine. Le type dort, je ne vois pas son visage partiellement recouvert d'un chiffon de couleur claire, un bandeau, quelque chose qui lui masque les yeux. J'entends la respiration paisible de Santiago, pas ce ronflement féroce de celle de Germán, tout juste un sifflant soupir, un, puis deux, puis trois, la respiration de qui dort tranquille. Je m'approche sur la pointe des pieds et l'écoute un instant, j'ai envie de le caresser, de veiller sur ce sommeil, de le soigner, j'ai envie de tirer mon mari de cette situation désagréable, de le réveiller et de partir en courant, de fuir ce cauchemar avec lui, tous les deux main dans la main. Je suis enfin devant Santiago, je le vois pour la première fois – manière de dire, je ne distingue pas ses traits – et je m'étonne de cette tendresse que je sens monter, je m'appuie contre un mur, m'abandonne un instant aux sentiments. Un homme encore jeune, ligoté, sans défense, oui, cher Santiago, réveille-toi et retournons à notre vie, à notre maison de Carrasco, notre piscine, mon allée de pins et ma serre. Non, non, jamais tu n'auras une maison comme celle de Luz, me dit papa, jamais de piscine, de jardinier ou de chemin bordé de pins. Úrsula, faut l'accepter, tu es la grosse ; je murmure, ferme-la, papa, ferme-la et meurs encore plus que tu ne l'as déjà fait, meurs une bonne fois pour toutes et pour toujours, meurs jusque dans mon souvenir. Ce soir, je rentrerai à la maison et je déchirerai tes photos pour que tu disparaisses entièrement et à jamais. Je regarde le type assis là, j'essaie de contrôler ma respiration, je ferme les yeux un instant, le froid du mur me fait trembler. Je suis désolée, Santiago, tu vas devoir arrêter de respirer comme ça, si tranquillement, tu dois mourir. Je ne peux pas me permettre d'hésiter, salopard, je vais briser tout de suite ce rêve de bébé.

Je quitte la protection du mur, fais quelques pas en direction du fauteuil, jusqu'à l'homme qui respire lentement et légèrement. Je lève l'arme et vise soigneusement, la jubilation me fait plisser les yeux, je ne tremble plus : je suis en paix.

Je retiens ma respiration.

Un faible son au loin, si ténu que je ne sais si je l'ai vraiment entendu ou imaginé, me paralyse un instant. Je baisse mon arme. J'attends. Je commence à penser que mon imagination invente des bruits, que l'esprit cherche à combler le vide. Je vise de nouveau.

Oui, c'est certain, quelque chose s'approche et grandit, d'abord un bourdonnement, puis le gémissement d'une alarme envahit l'air épais, grandit, prend corps dans la nuit, et des proportions gigantesques dans la pièce, mes bras retombent inertes et j'éprouve de nouveau cette sensation moite et charnelle qui envahit le corps quand survient la peur. Je tiens le .38 dans ma main droite, je me dis, je peux encore le viser et...

J'hésite.

Les sons ont maintenant envahi le moindre recoin, je regarde la porte arrière.

Je le mets en joue ?

Je lève mon arme, l'abaisse.

Je sors sans regarder derrière moi, sans regarder l'ombre blanche que je n'entends plus respirer, soudain muette, je sors en fermant soigneusement derrière moi une porte métallique, cours sans faire de bruit autant que je peux, m'enfonce dans la nuit sombre juste avant l'apparition de lumières giratoires aux éclats bleus, rouges, convulsés, je traverse tout le terrain, enjambe un fil de fer barbelé, puis un muret, cours encore plus vite, maintenant sans précautions, me plonge dans un petit massif d'acacias qui me griffent le visage, accroche mes vêtements, mes cheveux, et tombe hors d'haleine, le pouls à mille, le cœur qui tape pour sortir, tombe sur le siège avant de ma voiture juste au moment où, à deux cents mètres, des lumières s'allument et éclairent la maison, et des haut-parleurs émettent des ordres péremptoires.

Je démarre tous phares éteints, dans la direction contraire à celle de la maison, je m'éloigne de cent, deux cents mètres, j'entends le vacarme, je vois de plus en plus de phares qui éclairent au loin.

Je tâtonne dans mon sac et en sors un yaourt. J'ouvre la vitre, respire profondément. Je souris au rétroviseur même si je ne distingue qu'une ombre. Je bois au goulot, je bois jusqu'au bout.

J'entends un moteur, aperçois la lumière de phares, une voiture arrive en sens contraire, impossible de l'éviter. Je jette le yaourt et remonte la vitre. Avant d'être éblouie, j'entrevois un véhicule énorme, un SUV de luxe. Qui s'arrête et me bloque le passage, quelqu'un descend et court vers moi. Crie, me fait signe d'abaisser la vitre, frappe dessus avec les articulations.

— S'il vous plaît, je suis perdue, vous pouvez m'indiquer Camino del Quebrado ?

J'entrouvre la vitre. Fleurs blanches et gingembre ? Je la descends complètement.

— Que fais-tu là, Úrsula ?

— Et toi, Luz ?

Silence. Je sors de la voiture. Luz me regarde.

— Tu conduis toujours avec des gants en caoutchouc ?

Je les enlève. Les arrache. Les jette loin du bord du chemin.

— Et cette bague, Úrsula ? C'est celle de tante Irene.

5

L'entrepreneur Santiago Losada, disparu dans la nuit du onze et privé de sa liberté par un délinquant, a été libéré aujourd'hui à l'aube par des effectifs policiers, avec le renfort de la brigade des enlèvements. Après avoir reçu un appel du 911, que la victime avait réussi à passer, mettant à profit un moment d'inattention de son ravisseur, les forces de l'ordre se sont rendues dans une maison située Camino del Quebrado, une zone rurale de Montevideo, maison qu'ils ont encerclée. Malgré les diverses sommations pour que sorte le délinquant les mains en l'air, celui-ci ne se livrant pas, les forces de police se sont introduites par la force dans la propriété.

À l'intérieur, elles ont pu constater que le ravisseur s'était endormi sous l'effet de puissants narcotiques ou drogues. L'entrepreneur Santiago Losada sain et sauf a été libéré et admis à l'Hôpital britannique pour des examens de routine. L'inspection des lieux n'a jusqu'à présent pas permis de constater l'existence d'armes blanches ou à feu.

Pour des raisons qui restent à déterminer, ni l'épouse de l'entrepreneur ni aucun membre de la famille n'auraient reçu de demandes de rançon de la part du ravisseur.

Le délinquant, initiales GHS, est pour l'heure à la disposition du juge de la deuxième section, Aurelio Bocchini. Un complice serait impliqué dans l'opération, mais il se serait enfui il y a plusieurs jours, on ignore où il se trouve.

UN MOIS PLUS TARD

1

— J'ai tout foiré.

— Non, Sergio, je ne dirais pas ça, tu es à l'abri de la police, loin et avec le fric de mon mari.

— Avec le fric que ton mari emportait en Bolivie pour que Luz commence son commerce de roses. Un petit cadeau pour sa maîtresse, rien de plus. Ton ex ne le sentira même pas passer.

— Ne me le rappelle pas, s'il te plaît.

— Un demi-million qui n'est rien à côté de ce que nous aurions obtenu de l'assurance si tout s'était déroulé comme prévu, si Germán l'avait tué.

— Oui, mais Germán est prisonnier et Santiago vivant, il divorce de moi pour épouser Luz. Et toi, tu es loin avec un beau demi-million. Dis-moi qui va le plus mal.

— Eh bien, Úrsula, j'ai fait tout ça pour que nous soyons ensemble.

— Tu as *tout* fait ? Oui, notamment prendre *tout* le fric.

— Mais je suis poursuivi par la justice, recherché par Interpol, je vais devoir me cacher pendant un an ou deux, vivre au jour le jour.

— Au bout de six mois, personne ne se souvient de personne, m'a dit l'avocat.

— Tu peux faire un procès à ton mari, lui réclamer la maison de Carrasco ou celle de Punta del Este, quelques voitures, de l'argent.

— Je n'ai droit à rien, c'est aussi ce que m'a dit l'avocat il y a peu. Crois-tu que je me serais lancée là-dedans si lui prendre du fric avait été facile ?

— Ce n'était pas par amour pour moi, alors ?

— Ne sois pas cynique.

— Tu as parlé à Santiago ?

— Oui, bien sûr, nous devons régler quelques détails, hier je suis allée récupérer des affaires à la maison de Carrasco.

— Tu crois qu'il a des soupçons ?

— À mon sujet ? Non. Il est très étonné que ce soit précisément toi, son employé modèle et préféré, qui ait été complice de l'enlèvement. Il n'arrive pas à le croire. Mais moi, il ne me relie à rien de tout ça. Tu vois, que tu n'as pas tout foiré ? Tu pourrais être en taule, comme Germán.

— Bien sûr, ça peut toujours être pire. Je te l'ai dit mille fois, Úrsula, viens en Afrique avec moi. Avec cet argent, je peux ouvrir un hôtel, un bon restaurant.

— Arrête tes conneries, Sergio. Moi je veux la belle vie, et je la veux maintenant. Les projets à longue échéance, ce n'est pas pour moi.

— Il y a une chose qui m'étonne, tu as vu dans la presse un article mentionnant la femme des appels téléphoniques ?

— Aucun.

— C'était qui en fin de compte ? Tu as une idée ? C'est à toi, qu'elle parlait.

— Je t'avoue que la première fois où elle m'a appelée, j'ai pris peur. Nous n'avions pas prévu ça, et je ne savais pas très bien comment m'en sortir.

— Je ne te crois pas, tu sais toujours. Ce qui est certain, c'est qu'on n'aurait jamais imaginé la présence d'un tiers. Germán a dû chercher une associée quand il s'est aperçu que je l'avais laissé tomber. Sans doute une de ses amies d'avant, quelqu'un de confiance.

— Oui, c'était impensable que Germán puisse impliquer quelqu'un dans l'affaire.

— Le choisir a été une erreur. Pauvre type. Il rentre d'Espagne après plus de vingt ans et, quelques jours plus tard, pas de bol, se retrouve en prison. Pour des années. Mais pas autant que s'il t'avait appelée pour te réclamer une rançon ou si on avait retrouvé son arme. Où a-t-il pu cacher le revolver que je lui ai laissé ?

— Il a dû le jeter quelque part, va savoir. Ou donné à son associée. Un personnage étrange, un brin morbide, que cette femme. Tu vois, Sergio, elle était décidée à tenir sa promesse et à tuer Santiago. Ça je le sais. C'est pour ça que je me voyais avec l'argent de l'assurance, parce que j'étais sûre qu'elle allait le liquider.

— Une femme dangereuse, alors.

— Oui, dangereuse. Ou folle. C'est pourquoi je n'ai pas parlé des appels à la police, je craignais qu'elle soit impliquée.

— Mais tu ne lui aurais pas payé ce que tu lui avais promis pour liquider Santiago.

— Non. Mais je t'avoue que l'escroquer me faisait peur, penser qu'un jour elle puisse venir me réclamer des comptes. Je me l'étais imaginée grande et grosse, à cause de sa voix, tu comprends ? Une femme féroce, il m'a semblé.

— Et quand le pot aux roses a été découvert, elle a disparu sans laisser de trace.

— Oui, va savoir qui c'était, d'où elle sortait. Il n'y a que Germán qui sache, et encore.

— S'il le sait, il n'a pas ouvert la bouche, pas dit un mot aux flics. Peut-être n'était-il même pas au parfum. Bon, changeons de sujet, Santiago et Luz vont se marier ?

— Oui, je t'ai dit qu'hier je suis allée chercher mes affaires à Carrasco. Mon mari y était avec Luz, qui emménageait. Et Úrsula, sa sœur, l'aidait. Elle a le même prénom et le même nom que moi, tu crois ça ? Úrsula López, comme moi.

— Sacrée coïncidence !

— Oui, sacrée coïncidence. Bizarre, cette femme ; elle m'a saluée dans un murmure et n'a pas ouvert la bouche tout le temps que je suis restée. Elle était peut-être aphone, je ne sais pas.

— Elle est aussi jolie que Luz ?

— Beaucoup plus encore. Des kilos en trop, oui, mais c'est une très belle femme.

2

Le jour commençait, paisible et sans promesses. Paresseusement avachie et bien installée, j'ai vu le soleil se lever depuis mon lit ; à force de volonté j'ai déplacé la somnolence vers la révision méticuleuse de mon agenda, ma liste de tâches à effectuer. Et la léthargie enfin vaincue, aujourd'hui je suis sortie de chez moi bien que je n'avais ni thérapie ni réunion des Obèses Anonymes et déjeuné tôt. Je sors et descends dans la rue. Par la vitre de l'entrée, j'aperçois la voisine du premier ; nous nous saluons d'un bref signe de tête, elle de l'extérieur et moi de l'intérieur. J'ouvre la porte métallique, de plus en plus lourde ; il se produit ce flottement qui pétrifie les mouvements des gens face à une ouverture étroite qu'elle ne laisse passer qu'une seule personne. Surtout si l'une est grosse. Les minces finissent toujours par céder, comme si elles craignaient d'être écrasés par nos kilos et voir leurs petites humanités s'incruster dans le sol. La voisine m'invite à passer, et je sais que derrière ce geste de politesse palpite la crainte du cafard qui aperçoit la semelle de la chaussure. Je sors la première en laissant la porte ouverte ; nous nous saluons, bonjour, bonjour, quelle vilaine journée, l'humidité de l'automne, les vêtements qui ne sèchent pas, tu sais, on dirait que ça se dégage à l'est. Je fais dévier les prévisions météorologiques vers des événements plus concrets.

— L'autre nuit, je n'ai pas pu dormir à cause du vacarme.

— Quel vacarme ?

— La fête au-dessus.

— Je ne sais pas, j'étais en voyage, je suis rentrée hier soir.

— Ils ont mis la musique à fond jusqu'à point d'heure, la télévision, les cris, les rires, comme si c'étaient les seuls habitants du quartier.

— C'est bizarre, ce secteur est si tranquille, du moins la nuit, quand les bureaux se vident et que la foule s'en va.

— Oui, c'est ce que je préfère de la vieille ville, les nuits tranquilles, presque mortes, les maisons qui ressemblent à des tombeaux, le silence sépulcral.

Ma voisine fait la grimace, hausse un sourcil.

— Je dirais plutôt que c'est un silence de petit village.

— Oui, déserté par ses habitants à cause d'une épidémie.

— Tu disais qu'il y avait eu une fête, où ça ?

— Ici même, dans l'immeuble.

— C'est bizarre, nous sommes tous des gens d'âge mûr. À quel étage ?

— Juste au-dessus de chez moi, au sixième. J'ignore le nom de la voisine, je ne la connais pas, c'est une femme, d'après ses chaussures. J'ai eu une nuit de vacarme au-dessus de ma tête, jusqu'au moment où j'ai pris un Somnium.

Un épais silence s'installe entre nous.

— Cet appartement était vide, il a été vendu il y a peu de temps. Je ne savais pas qu'ils avaient déjà emménagé. Tu en es sûre ? J'ai l'impression que personne ne vit encore là.

Je la regarde, elle aussi, elle baisse la tête ; elle ferme doucement la porte derrière elle, je la vois s'éloigner dans le couloir.

Je presse le pas dans la rue Sarandí, piétonnière, en direction de la place Matriz parmi la foule qui sort des bureaux pour déjeuner, fumer ou profiter des derniers rayons du soleil d'automne, entre les cadres en costume, les artisans en poncho, les touristes en bermuda, une foule compacte de corps pressés, allant toujours dans le sens contraire au mien. Je ne m'arrête pas pour regarder les vitrines et je salue à peine de la main l'homme qui veille sur les voitures de la place, je passe par le kiosque et je ne m'arrête pas, je continue jusqu'au carrefour, je tourne à droite et de là jusqu'à l'arrêt de l'autobus qui arrive en même temps que moi. Je monte sans adresser un regard aux autres passagers, je m'installe n'importe où, je n'ai pas envie d'entendre de conversations et je ne pourrais me concentrer sur quiconque, aujourd'hui c'est mon tour d'être le centre de moi-même.

Je suis attentive au paysage qui change, à l'horloge qui avance, à mes battements de cœur.

Je descends au coin de la 21 et de la rue Ellauri, je me dirige vers l'ouest, de là au parc Villa Biarritz, il n'y a que quelques mètres. Je marche sur l'herbe, sous le soleil, cherche un banc éloigné de la rue et bien orienté là où je le souhaite, je m'assieds. J'ai pris goût à caresser le .38 de Germán, je le nettoie, je le soigne, il m'accompagne et me protège. Pauvre petit Germán, qui sait combien de temps il va rester en prison. Bien fait pour lui, à cause de sa lâcheté, de son indécision. Comment a-t-il réussi à maigrir autant ? Dieu qu'il fait beau.

Il suffit d'attendre.

L'immeuble est grand, il y a un concierge en uniforme, des gens aisés et des chiens bien soignés qui entrent et sortent, des balcons débordant de plantes donnent sur le parc, il y a un mouvement constant d'automobiles de marque, des livreurs 4 étoiles, des entreprises qui nettoient des vitres et des moquettes ; des vies, des vies luxueuses que j'aperçois derrière les fenêtres. Une petite ville opulente sur douze étages de verre et de béton.

J'attends.

Elle sort à onze heures quarante-cinq. Je la reconnais de loin à sa coiffure, constate alors que ce sont les traits que j'ai vus hier dans la maison de Santiago ; elle porte de beaux vêtements de sport et je suppose qu'elle fréquente un gymnase, court ou au moins marche sur la Rambla. Coiffure de visagiste, jambes musclées grâce aux cours d'aérobic ou à un *personal trainer*. Cultive-t-elle des roses ? Je ne crois pas, elle a déjà un mari avec une maison et un jardin, maintenant tout appartient à ma sœur, même s'il a dû lui rester plus qu'assez pour acheter nombre de jardins. Elle avance, souple, sûre d'elle, je la regarde et je sais qu'elle ne tardera pas à refaire sa vie de la meilleure façon possible : argent, piscine, domestiques.

Elle et moi, deux femmes et un seul nom : Úrsula López. Laquelle est véritablement Úrsula López ? Certainement elle, pas moi. Elle, la destinataire de l'appel, pas moi. Elle, est réelle, et moi je suis l'autre femme.

Je crains subitement qu'elle monte en voiture et m'échappe, mais elle se contente de traverser la rue et de prendre le chemin qui traverse le parc, sans hâte, de sa démarche de femme décidée.

Elle vient dans ma direction, droit sur moi et, même si je sais qu'il est impossible qu'elle me reconnaisse à une telle distance et avec ces lunettes, cela me rend nerveuse de la voir approcher, de penser qu'elle peut me découvrir avant que je fasse quoi que ce soit. Je palpe mon sac, vérifie qu'il est bien à l'intérieur.

Pauvre Germán, ça s'est si mal terminé, mais c'est de sa faute. À chacun son lot.

Je la vois sourire, je m'alarme, mais non elle ne me sourit pas, elle se sourit à elle-même, un visage décontracté et satisfait qui jouit de la température agréable et de l'ambiance détendue. Montre de bijoutier, lecteur MP3 au design exclusif. C'est le genre de femme qui ne tarde pas à surmonter ses problèmes, qui sait recommencer, battre les cartes et les redistribuer.

Mais je ne peux pas m'empêcher de penser qu'elle me regarde même si je sais qu'il est impossible de reconnaître quelqu'un à cette distance. Je serre mon sac contre moi, l'étreins et, au cas où, je m'approche du mur de la guérite de surveillance, je m'assieds sur un banc, me dissimule, en gardant une bonne vision du parc. Je suis conquise par le paysage, le chêne, quel bel arbre, cette célébration simultanée des formes pures et la plénitude de la nature. D'en haut, les oiseaux gazouillent avec leur stupidité forcée, s'activent à leur tapage puéril pour rendre ce monde enchanteur. Elle passe près, tout près, et son sourire aux dents blanches et parfaites s'adresse maintenant au vide, au ciel, au néant ; elle passe à quelques mètres de là sans autre conséquence qu'une fragrance légère de citron ou de *lime*, de bergamote qui flotte dans l'air et perdure un bon moment après que je la vois disparaître entre les araucarias. Encore collée au mur, immobile, serrant mon sac, je laisse la femme s'éloigner par ce beau jour ensoleillé.

Je sens la bergamote et quelques notes de cardamome ; je pense que cette odeur partira avec elle. Et un jour, tous ces moments, tous, se perdront dans le temps tels des larmes dans la pluie.

Je me lève et la suis.

Chez le même éditeur

Julien d'Abrigeon
Sombre aux abords

Robert Alexis
Le Renvers

Yan Allegret
Les Enfants éblouis

Philippe Annocque
Liquide
Monsieur Le Comte au pied de la lettre
Rien (qu'une affaire de regard)
Pas Liev
Élise et Lise
Seule la nuit tombe dans ses bras
Les Singes rouges

Bettina Balàka
Murmures de glace

Nick Barlay
La Femme d'un homme qui

Pierre Barrault
Catastrophes

John Berger
La Tenda rouge de Bologne

Nella Bielski
C'était l'an 42

Luc Blanvillain
Le Répondeur

Julien Bosc
Le Corps de la langue

Lionel Bourg
L'Engendrement
L'Horizon partagé
C'est là que j'ai vécu

Kate Braverman
Lithium pour Médée
Bleu éperdument

Rolf Dieter Brinkmann
Rome, regards

Mathieu Brosseau
Chaos

Ron Butlin
Le Son de ma voix
Visites de nuit

Arno Camenisch
Derrière la gare
Ustrinkata
Sez Ner
La Dernière Neige

Manuel Candré
Des voix

Pierre Cendors
L'énigmaire
Minuit en mon silence

Jonathan Coe
B.S. Johnson, histoire
d'un éléphant fougueux

Marie Cosnay
À notre humanité

Didier da Silva
Dans la nuit du 4 au 15

Denis Decourchelle
La Persistance du froid

Paul Desalmand
Le Pilon

Sotiris Dimitriou
Heureux soit ton nom

Caroline Deyns
Trencadis

Anna Dubosc
Bruit dedans

Karsten Dümmel
Le Dossier Robert
Le Temps des immortelles

Miguel Duplan
Un long silence de carnaval

Maria Efstathiadi
Hôtel Rouge

Clotilde Escalle
Toute seule

Eva Figes
La Version de Nelly

Frédéric Fiolof
La Magie dans les villes
Finir les restes

Marie Frering
Désirée
L'Ombre des montagnes

Eleonore Frey
En route vers Okhotsk

Mihàlis Ganas
Quelques femmes

Undine Gruenter
La Cache du Minotaure
Le Jardin clos

John Herdman
Imelda
La Confession

Paulus Hochgatterer
Brève histoire de pêche à la mouche
La Douceur de la vie

Victoria Horton
Grand Ménage
Attachements

Chrìstos Ikònomou
Ça va aller, tu vas voir
Le salut viendra de la mer

Reinhard Jirgl
Les Inachevés
Renégat, roman du temps nerveux
Le Silence

B.S. Johnson
R.A.S. Infirmière-Chef, une comédie gériatrique
Christie Malry règle ses comptes
Chalut
Albert Angelo
Les Malchanceux

Gabriel Josipovici
Moo Pak
Tout passe
Goldberg : Variations
Infini - l'histoire d'un moment
Dans le jardin d'un hôtel
Hotel Andromeda

Jacques Josse
Cloués au port
Le Manège des oubliés

Anne Karen
Rouge encor du baiser de la reine

Michel Karpinski
La Sortie au jour

Besik Kharanaouli
Le Livre d'Amba Besarion

Mènis Koumandarèas
La Femme du métro
Le Beau Capitaine
Mauvais Anges
La Verrerie

Alain Lacroix
Constellation

Jérôme Lafargue
L'Ami Butler
Dans les ombres sylvestres
L'Année de l'hippocampe
En territoire Auriaba
Le temps est à l'orage

Jocelyn Lagarrigue
La Nuit recomposée

Erwan Larher
Marguerite n'aime pas ses fesses
Le livre que je ne voulais pas écrire
Pourquoi les hommes fuient ?
Indésirable

Michael Lentz
Mourir de mère

Christophe Levaux
La Disparition de la chasse

Hans Limon
Poéticide

Leopoldo Lugones
Les Forces étranges

Eugene Marten
Ordure

Christoph Meckel
Portrait-robot. Mon père/Portrait-robot. Ma mère

Rafael Menjívar Ochoa
Le directeur n'aime pas les cadavres
Ma voix est un mensonge

Annette Mingels
Romantiques

Marcel Moreau
À dos de Dieu

Stéphane Padovani
La Veilleuse
L'Autre Vie de Valérie Straub
Le bleu du ciel est déjà en eux

Yànnis Palavos
Blague

Robert Perchan
La Chorée de Perchan

Claudio Piersanti
Enrico Metz rentre chez lui

Eric Plamondon
Taqawan
Oyana
Aller aux fraises

Cécile Portier
De toutes pièces

Horacio Quiroga
Les Persécutés
& Histoire d'un amour trouble

Benoît Reiss
L'Anglais volant

Monique Rivet
Le Cahier d'Alberto

Vedrana Rudan
Rage

Maïca Sanconie
Amor
De troublants détours
Le Bord du ciel
Zō

Ersi Sotiropoulos
Dompter la bête

Julien Syrac
Berlin On/Off
Poèmes à Faye

Laurence Teper
Un cadenas sur le cœur

Pierre Terzian
Crevasse
Ça fait longtemps qu'on s'est jamais connu

Bruno Testa
Dépression tropicale
L'Adoption

David M. Thomas
Un plat de sang andalou
Nos yeux maudits

Pär Thörn
Le Chronométreur

Nils Trede
La Vie pétrifiée

Yannis Tsirbas
Victoria n'existe pas

Arelis Uribe
Les Bâtardes

Stéphane Vanderhaeghe
Charøgnards
À tous les airs
P.R.O.T.O.C.O.L.

Romain Verger
Zones sensibles
Grande Ourse
Forêts noires

Olivier Vigna
L'Appendice des jours

Marc Villemain
Le Pourceau, le Diable et la Putain

Michel Vittoz
Danses du destin

Gabrielle Wittkop
Hemlock (à travers les meurtrières)

Catherine Ysmal
Irène, Nestor et la Vérité
À vous tous, je rends la couronne

Zyrànna Zatèli
Le Vent d'Anatolie

Née sous le signe de la balance
Achevé d'imprimer dans l'U.E.
en janvier 2022 pour le compte
de Quidam éditeur à Meudon.